LE CHAT D'INVERNESS

LHATTIE HANIEL

LE CHAT D'INVERNESS

Roman

ÉDITIONS | PRISMA

ISBN : 978-2-8104-3899-0

Prologue

Écosse, le 7 avril

– Allô, Keith, c'est moi !

– Salut, Duncan. Comment vas-tu ?

– Ça pourrait aller mieux ! Je suis à la soirée de Scott et il y a Sarah…

– La… Sarah-Sarah ? s'exclame mon ami.

– Ouais, la Sarah-Sarah ! lâché-je en balayant du regard le salon de Scott, afin de savoir où se trouve « la cible » à abattre…

Sarah, c'est mon ex. Après un an de relation, elle m'a fait prendre une douche écossaise, comme on dit chez nous, le chaud et le froid. Elle m'a tout simplement trompé avec un chirurgien plasticien, avant de me supplier de retourner avec elle, chose que j'ai faite comme un idiot. Puis, elle a repris avec lui, en espérant se faire poser des prothèses mammaires à l'œil. Mais comme cela n'a pas fonctionné, elle est de nouveau revenue vers moi. Cela dit, j'ai refusé tout net qu'elle entre de nouveau dans ma vie. Alors, elle est devenue hystérique, a mis le feu à ma voiture, m'a pourri l'existence pendant des semaines. Seul Keith réussissait à chaque fois à m'en débarrasser. Puis elle a disparu de ma vie du jour au lendemain. J'étais plus que soulagé en apprenant qu'elle avait quitté Édimbourg avec son psy…

– Je ne sais pas ce qu'elle fait à la soirée de Scott, dis-je en poursuivant la conversation avec mon meilleur ami, car *a priori*, personne ne l'a invitée. Et pourtant, elle est bien là, sans son psy, et elle se colle à moi comme une sangsue ! J'ai beau la repousser clairement, elle ne veut rien entendre… Quand je repense à l'état de ma voiture, ça me fait de nouveau flipper. Viens m'aider ! Il n'y a que toi qu'elle écoute, vieux frère…

– Je comprends ton désarroi, mon pote, mais je suis vraiment épuisé ce soir. Je viens de me taper une garde de quarante-huit heures et j'ai prévu un super rendez-vous avec mon lit.

– Mince ! J'avais oublié que ta garde était aussi longue !

– Et fatigué comme je suis, je ne suis pas certain d'arriver à raisonner qui que ce soit ce soir, argumente-t-il, avant d'ajouter qu'il est désolé…

Keith se tait, et mon cerveau, en mode alerte maximale, cherche une solution pour me débarrasser une bonne fois pour toutes de Sarah. Elle m'a trompé, m'a fait vivre l'enfer, et la voilà qui revient, la bouche en cœur, comme si de rien n'était ! Sûrement pas !

– Duncan ?

– Désolé, Keith, j'étais en train de chercher comment m'en sortir seul. Hormis quitter les lieux, je ne vois pas comment faire…

– Eh bien, la voilà ta solution ! rétorque mon ami, dans un léger souffle de soulagement.

– Oui, ce serait la solution si je n'avais pas flashé sur Lily, une fille ravissante, super drôle, qui me fait littéralement craquer ! Mais avec Sarah dans les parages, je crains pour nos deux vies… Si je pouvais faire autrement, je ne t'aurais pas supplié de venir me sauver comme une demoiselle en détresse, ajouté-je, tout en ressentant un frisson glacial dans le dos.

Je n'ai pas le temps d'y prêter plus d'attention, car j'entends mon meilleur ami soupirer longuement. Je me sens déjà coupable de mon insistance, tel un enfant capricieux. Je décide donc de ne pas insister, car je sais qu'après une telle garde, on a qu'une seule envie : dormir.

– Écoute, laisse tomber, mon Keith ! Je suis trop stupide ! Je ne sais même pas pourquoi je t'ai appelé…

– Parce que je suis ton meilleur ami ! m'interrompt-il, un sourire dans la voix.

– C'est clair et tu es bien le seul ! Mais ne t'inquiète pas, je vais bien réussir à m'en débarrasser tout seul, comme un grand garçon, ajouté-je avec un petit rire, afin de ne pas donner l'impression à mon ami de toujours que je lui en veux.

– Tu sais, si je n'étais pas aussi fatigué, je viendrais te sauver d'*elle*.

– Je sais, mon Keith, je sais. Allons, ne t'inquiète pas pour moi et file te reposer ! Je passerai te voir demain après-midi.

– Tu es sûr ?

– Sûr et certain ! Repose-toi bien et je te raconterai tout ça demain.

J'entends de nouveau mon ami soupirer, avant de me rétorquer brièvement :

– Pas la peine de me raconter, j'arrive !

Depuis toujours, lorsque j'ai besoin de lui tout comme lorsque lui a besoin de moi, nous sommes toujours là, l'un pour l'autre, et cela dure depuis les bancs de la maternelle. On pourrait penser que la perte de nos mères était la raison pour laquelle on s'entendait si bien. Mais pas seulement. On s'aime vraiment comme le seraient deux frangins. On fait tout ensemble ou presque. On a pris tous deux le chemin des études en médecine et nous exerçons dans le même établissement, à Édimbourg. Nous avons même prévu de poursuivre notre vocation au sein d'une fondation humanitaire et notre départ est prévu dans trois mois pour l'Afrique. Même si nous allons fêter nos vingt-huit ans à la toute fin de l'année, nous ne sommes ni lui ni moi pressés de prendre épouse. Un moment, j'ai vraiment cru que Sarah aurait pu être la « bonne », car on s'entendait plutôt bien, tant au lit que pour tout le reste. Enfin, ça, c'était au début… Mais depuis, j'en suis revenu de cette idée de me fixer ! Et puis, Keith et moi aimons trop notre liberté et les voyages que nous faisons ensemble dès que l'occasion se présente à nous. Oh, nous rencontrons bien des femmes plus ou moins attachantes, plus ou moins adorables, comme Lily qui me fait de l'œil depuis mon arrivée. Sauf Sarah qui s'est révélée être une femme intéressée. Elle a bien essayé tout à l'heure, alors que Lily était assise à mon côté, de me souffler à l'oreille qu'elle regrettait cet écart, avant de tenter de m'embrasser. Cette fille est un vrai boulet ! Elle n'a plus aucune chance avec moi, car avec elle, j'ai bien appris une leçon et désormais je ne regarde plus en arrière. Dorénavant, lorsque je prends une décision, il est rarissime que j'en change. Pour ma part, je fais peu d'erreurs, et de fait, je pardonne peu à ceux qui en font. Néanmoins, j'essaye toujours de ne pas prendre de mauvaise décision, ainsi j'ai peu de regrets. Je me sens droit dans mes bottes et je peux me regarder dans une glace sans ciller. Et Keith est encore plus droit que moi ! C'est pourquoi nous nous voyons fréquemment hors boulot, et que nous passons toutes nos vacances ensemble, même si de temps en temps, nous sommes assez bien accompagnés dans nos chambres respectives. Malgré tout, je n'imagine pas ma vie sans lui. Je le considère comme mon véritable frère…

Une heure plus tard, ne le voyant pas me rejoindre comme il me l'a annoncé, je le rappelle de nouveau. Mais je tombe sur sa messagerie. Je songe alors qu'il a dû passer chez lui se changer et qu'il s'est peut-être allongé quelques minutes sur son lit avant de s'endormir profondément. Cela nous est déjà arrivé plus d'une fois. Je suis donc déjà en train de me faire une raison, tout en cherchant que faire pour que Sarah arrête de s'interposer entre Lily et moi. C'est alors que le numéro de Keith s'affiche sur l'écran de mon téléphone et je décroche aussitôt.

– Alors, tu t'es endormi, mon pote ! dis-je avec un large sourire.

Je m'attends à l'entendre me répondre d'une voix pâteuse, mais suis très surpris d'entendre, au contraire, une voix féminine qui, de plus, se présente en tant qu'officier de police. Un premier pressentiment désagréable me fait froid dans le dos. Un second me fait presque perdre l'équilibre lorsqu'elle me demande, sans me donner plus de précisions, de me rendre en urgence à l'hôpital où nous travaillons tous deux.

Durant tout le chemin, mille et une choses, plus dramatiques les unes que les autres, se bousculent dans mon esprit, tandis que je roule à vive allure. Lorsque je pénètre enfin dans l'établissement d'un pas mal avisé, mon cœur bat à m'en faire horriblement mal. Le docteur Campbell me fait face. Son visage est trop explicite pour que je ne saisisse pas immédiatement ce qu'il va m'annoncer.

Nous, les médecins, avons tous ce même masque lorsqu'il s'agit d'annoncer une mauvaise nouvelle. Je comprends que j'arrive trop tard. La douleur me transperce. Keith n'est plus, je le sais déjà sans savoir comment. Je sens soudainement qu'une moitié de moi vient de mourir sur place…

***

En Bretagne, le même jour…

Je viens d'avoir vingt et un ans et je me retrouve chez le notaire non pas pour un achat immobilier, mais parce que ma grand-mère maternelle est décédée. De mort naturelle, il y a quelques jours. Je suis atterrée. Je l'aimais tellement…

– Mademoiselle Wallace… Mademoiselle Wallace, me répète le notaire, alors que j'ai l'impression de ne pas être présente dans le cabinet de ce professionnel.

Maman, profondément meurtrie par la mort de sa propre mère, continue d'envelopper ma main de la sienne. Quant à papa, assis de l'autre côté de ma chaise, il me caresse avec tendresse le bras, tout en me tendant un nouveau mouchoir en papier. Je finis par sortir de ma torpeur. Les yeux remplis de larmes après la lecture du testament et les nombreuses signatures que j'ai dû apposer sur les documents officiels, faisant de moi l'unique héritière de Marie-Antoinette, Lucie, Elisabeth Favre, je m'empare du mouchoir. Le notaire pose devant moi une enveloppe d'un joli blanc cassé. Je m'en saisis, les mains tremblantes, reconnaissant l'écriture avec laquelle mon prénom est écrit. Ne souhaitant toutefois pas prendre ici connaissance des termes de ce pli, je préfère le presser contre mon cœur, me demandant ce que Maminette avait encore à me dire…

– Cette missive m'a été remise par l'infirmière qui visitait quotidiennement votre grand-mère. Elle ne m'a laissé que son prénom : Maryline. Mais je pense que vous pourrez la retrouver si vous le souhaitez, en vous rendant à son cabinet d'infirmières.

Elle m'a fait savoir que votre grand-mère l'a écrite la semaine dernière. Voilà, je voulais que vous le sachiez, mademoiselle Wallace.

Tandis que mes yeux restent remplis de larmes, j'esquisse un sourire et un signe de tête pour le remercier de cette information.

– On en a fini, maître Bonnec ? demande papa en se levant.

– Oui, tout est bon pour moi ! rétorque ce dernier, serrant la main que papa lui tend.

Maman et moi en faisons de même, avant de quitter tous trois les lieux. Nous marchons en silence, en retournant à nos chambres d'hôtel situées en plein centre de Vitré. Mes parents ne me demandent pas ce que le pli de ma grand-mère contient et je leur en suis fort reconnaissante. Je m'isole alors dans ma chambre et entrouvre l'enveloppe avec attention. C'est alors que des effluves du parfum de Maminette s'envolent jusqu'à mes narines, m'emportant aussitôt dans de profonds souvenirs, tandis que je déchiffre les premiers mots d'une écriture à la plume, que ma grand-mère avait la faculté d'utiliser avec brio…

Vitré, le 31 mars

Ma très chère enfant,

Si tu lis cette lettre, c'est que je suis enfin partie rejoindre ton grand-père. Ne pleure pas sur mon sort. J'ai eu une merveilleuse vie. J'ai été aimée et j'ai aimé autant que je l'ai pu, jusqu'à mon dernier souffle. Comme a déjà dû te l'annoncer mon notaire, je te lègue mon petit cottage et tout ce qu'il contient. Je laisse à ta mère les souvenirs des jours qu'elle y a passés. Elle n'a nul besoin d'argent depuis le jour où ton père est tombé follement amoureux d'elle. D'ailleurs, c'est dans cette maison qu'il lui a demandé promptement sa main. Laisse tes parents poursuivre leur chemin de globe-trotter et pose tes valises en Bretagne. J'y ai vécu une vie merveilleuse et je suis certaine que tu y demeureras heureuse également. Porte sur toi ma chaîne en or et ma croix ornée de diamants que j'ai reçues à ma naissance. Peut-être un jour finiras-tu par croire en Dieu. Je ne te l'ai jamais dit, mais j'ai épousé ton grand-père alors que je venais d'avoir quinze ans. Mon Dieu ! Qu'il était beau dans son habit d'apparat ! Même si à notre époque, l'amour ne venait qu'au deuxième plan, sache que le respect que nous nous sommes voués tout au long de notre vie était magnifique et assez grand pour qu'il soit l'unique homme de ma vie et moi la seule femme dans son cœur. N'oublie pas que pour trouver l'amour, il faut ouvrir les yeux, écouter ton âme et laisser parler tes sentiments. Alors, vis chaque jour non pas comme s'il était le dernier, mais comme s'il était le meilleur.

Je suis fière de toi, ma douce Énora, et je continuerai de veiller sur toi de là-haut.

Ta Maminette qui t'aime fort, fort, fort d'amour.

N.B. : Si tu peux prendre soin de ma petite Framboise que j'ai laissée en garde chez ma plus vieille amie Lomane, dont la maison est voisine de « ton » petit cottage. Tu sais déjà qu'elle miaule quand elle a faim et qu'elle veut sans cesse des câlins. Je sais qu'avec toi, elle ne risque rien pour les quelques années qu'il lui reste à vivre. Mille mercis du fond de mon cœur pour elle…

1

Sept ans plus tard…

Énora

– *Le roseau plie, mais ne mort pas. Non, ne rompt pas…*

Petite, je m'amusais tellement à écorcher les dictons et autres adages que j'ai parfois du mal à m'y retrouver moi-même. Mais bon, il n'y a pas mort d'homme… Et comme il n'y a personne hormis vous pour m'entendre les écorcher ainsi, je reste plutôt sereine… Mais au lieu de m'épancher sur mes petits défauts, je préfère prendre le temps de vous faire entrer dans mon histoire…

Maman a connu papa en tant qu'expatrié, avant qu'il ne l'entraîne dans son sillage en l'épousant. Même ma naissance n'y a rien changé. D'ailleurs, je suis née en Australie, mais à deux semaines près, je naissais au Canada. Je n'ai jamais connu de domicile fixe à leurs côtés, cependant je n'ai manqué de rien non plus. J'étais heureuse de vivre avec eux dans un pays différent tous les six mois, je l'avoue. Mais en grandissant, j'ai eu besoin de mon intimité, d'un endroit bien à moi. Alors, bien qu'habituée depuis ma naissance au tournis des déménagements, j'ai apprécié d'avoir pu poser mes valises dans le petit cottage de ma grand-mère. Maminette m'a offert cette opportunité, sinon je serais sans doute encore en train de faire ma valise pour un nouveau pays. Cela fait sept années que je m'y suis installée seule. Elle avait raison quant au bonheur de vivre dans ces lieux, pourtant je n'y ai pas encore trouvé l'amour. Il faut dire que je ne suis pas pressée non plus de perdre ma liberté. J'aime la vie que je me suis forgée ici. J'ai la chance d'avoir une mère française et un père écossais, ce qui fait que je parle couramment le français, le gaélique, et bien entendu l'anglais, langue que nous utilisions dans chaque nouvel endroit du globe terrestre ! Dans ma jeunesse, je me suis souvent cherchée, hésitant sur mon futur, ne sachant pas ce qu'il me plairait de faire. Mes parents me rassuraient en m'assurant que je n'avais pas besoin de travailler puisqu'ils étaient là pour s'occuper de moi, leur fille unique. Mais mon désir était d'arriver à me débrouiller toute seule. Me rendant compte que j'avais un terrain de prédilection pour tout ce qui est linguistique, j'ai appris l'italien à douze ans, dans le grand port de Bari, puis l'espagnol six mois plus tard, lorsque nous étions expatriés à Cordoue. D'ailleurs, j'ai commencé aussi à m'intéresser au latin à cette même époque, après avoir fait la connaissance d'un jeune Anglais dont le père travaillait avec le mien. Il avait un oncle dans les ordres et si les lieux religieux m'émerveillaient assez pour m'intéresser aux vieux parchemins écrits en latin, je ne l'étais pas assez pour croire en Dieu, au grand désespoir de ma grand-mère maternelle qui y croyait dur comme fer. Toutefois, en sa mémoire, je porte au cou sa croix en or ornée de diamants, comme elle me l'avait demandé dans sa toute dernière lettre. Au fil des ans, j'ai acquis de nombreuses autres langues à un tel niveau que je suis devenue polyglotte. Alors, dès que je suis devenue vitréenne, je savais que je deviendrais traductrice. J'ai tenté l'emploi fixe, mais après une déconvenue avec une secrétaire aigrie et un patron aux mains baladeuses, j'ai tout de suite changé mon fusil d'épaule en me dirigeant vers l'intérim, avant de me mettre à mon compte. Depuis, mon planning ne se désemplit pas. Je travaille chez moi, avec de nombreux musées, cabinets d'avocats et sociétés de droits étrangers. Ce qui me laisse assez de temps pour gérer ma vie comme je l'entends. Et à vingt-huit ans, c'est vraiment le pied !

Je vois mes parents à peu près six à sept fois par an. Ils me manquent grandement et j'avoue avoir un plaisir énorme à les retrouver. Pourtant, je me sens parfois soulagée lorsqu'ils reprennent la route après une quinzaine de jours. Ils sont toujours beaucoup trop inquiets pour moi, et maman n'a jamais été aussi anxieuse que depuis que je vis seule en Bretagne. J'ai beau les rassurer, cela n'est jamais suffisant. Mais je ne peux pas leur en vouloir de m'aimer autant. Ce qui les rassure un peu, c'est de savoir que j'ai des cousins et des cousines dans le coin qui viennent souvent me voir. Je reçois également la visite d'autres parents dès que l'occasion se présente, certains éparpillés en France, en Angleterre ; du côté de papa une grande partie se trouve même en Écosse ! Nous faisons alors de grands banquets, parfois plusieurs jours d'affilée. Et j'avoue que dès qu'ils retournent tous chez eux, je me sens à la fois comblé d'amour filial, mais je ressens également un petit vide en me retrouvant seule à la maison. J'aime la solitude, je m'y sens bien. Cependant, jusqu'à la semaine dernière, j'avais la compagnie de Framboise, la vieille chatte de Maminette. Je l'ai fait enterrer au cimetière des félins, avec une jolie plaque telle que Maminette aurait souhaité la faire. Depuis, la maison me semble bien silencieuse. Elle était si câline que j'adorais l'avoir sur mes genoux quand je m'installais à mon ordinateur, bien que cette coquine pesât toutefois son poids ! Je pense laisser quelque temps s'écouler pour atténuer ma peine, puis je reprendrai certainement un chat. Il y en a tellement dans les refuges que je suis certaine d'y trouver une petite boule de poils qui ne remplacera pas Framboise, mais me rendra heureuse également.

Mes journées sont donc bien remplies, que ce soit de traductions ou de plaisirs, car j'en ai de nombreux. Je suis inscrite dans le *Club house* d'une ville voisine où je prends des cours de tennis le mardi, et tous les samedis après-midi je donne moi-même des cours de danses de salon pour anciens, bien qu'il y ait de plus en plus de jeunes qui s'y inscrivent. Tous les jeudis, je suis des cours de jardinage pour apprendre à faire des pousses avec des boutures ou avec des graines, et je me suis abonnée dernièrement à une chaîne *YouTube* pour suivre des cours de cuisine. Cependant, de ce côté-là, j'ai une grande connaissance sur la cuisine du monde, mais j'aime apprendre de nouvelles techniques et petits savoir-faire qui peuvent tout changer dans une recette ! On pourrait songer, en sachant tout cela, que je suis une femme comblée par les activités. Mais j'ai encore une corde à mon arc. Depuis ma plus tendre enfance, je dessine, mais depuis que je vis en Bretagne je me suis découvert le plaisir de croquer la nature bretonne qui m'entoure. Je vais souvent en bord de mer et j'immortalise sur un papier à dessin, des coques, couteaux, algues, oiseaux migrateurs et autres plantes et coquillages. J'en ai de nombreux, certainement plus de deux milles. Mes parents trouvent que mes dessins sont de grande qualité et que je devrais les proposer à un éditeur. D'ailleurs, lorsqu'ils sont venus me rendre visite fin novembre, ils me l'ont redit. Pourquoi pas ? J'y songerai sûrement plus tard, lorsque j'aurai envie de les voir figurer dans un ouvrage. Pour le moment, j'ai d'autres chats à fouetter. J'ai une valise à faire, mais pas pour rejoindre mes parents. Je vais m'envoler pour l'Écosse afin d'assister au mariage de ma cousine préférée. Elle se marie dans un peu moins de deux semaines, juste après Noël, le 3 janvier exactement, et je suis sa première demoiselle d'honneur. Mes parents ne seront pas de la cérémonie, car ils seront encore à New York pour le travail de papa. Mais à Inverness, je vais retrouver une bonne partie de mes tantes et oncles, cousins et cousines, sans oublier mamie Grace. Et passer un réveillon au côté de la mère de papa, ça va encore être fort animé, voire explosif ! Que j'ai hâte d'y être !

2

Énora

J'ai pris un vol de nuit et après une escale à Amsterdam et trois heures de vol en tout, il n'est pas encore huit heures lorsque mon avion atterrit à l'aéroport d'Inverness. Je ne sais pas si un jour, il y aura un vol direct de la Bretagne vers Inverness, mais celui-ci était particulièrement long, même si j'ai été rodée pratiquement toute mon enfance par la prise de vols long-courriers. J'ai hâte de récupérer ma valise pour retrouver ma cousine à la porte des arrivées, car je sais qu'elle m'y attend, au vu des nombreux messages qu'elle m'a envoyés, certains mêmes assez drôles, tandis que mon avion était en plein vol. Je sens que mon séjour à ses côtés va être encore un vrai délice.

Je récupère enfin ma valise et me dirige vers la sortie, tout en lui envoyant un SMS pour lui dire que je la retrouverai dans deux minutes.

– Hé ! Comment va ma cousine adorée ? m'écrié-je en l'enlaçant d'un bras, tout en tenant ma grosse valise de mon autre main.

– Eh bien, maintenant que tu es là, je vais aller encore mieux, c'est clair ! lâche Meribeth en posant de gros baisers affectueux sur mes joues.

Une fois qu'elle me libère, son futur mari, Craig, m'étreint à son tour en me murmurant à l'oreille :

– Si tu savais comme je suis heureux de te savoir avec nous. Meribeth se montre si nerveuse !

Je le fixe brièvement du regard, cherchant à savoir s'il y a un sous-entendu inquiétant dans ses dires, tandis qu'il s'écarte de moi tout en me souriant pour ne rien laisser paraître à sa future femme. Puis il s'empare de ma valise qu'il récupère avec grande facilité. Il faut dire que Craig soulève quotidiennement de larges tonneaux dans sa distillerie de whisky, tandis que Meribeth, qui est aussi grande que moi, qui ne dépasse pas le 1 m 65 pour une cinquantaine de kilos, ne fait que de la marche à pied en flânant dans les magasins. Mais je les trouve très bien assortis.

– On y va ? nous demande Craig, tandis que Meribeth s'empare de ma main qu'elle étreint un peu trop fortement dans la sienne.

– Tout va bien ? chuchoté-je, avant qu'elle n'acquiesce en clignant longuement une fois des yeux.

Enfin, j'espère avoir bien compris sa réponse, sinon je crains que ce mariage ne soit déjà compromis. Ce qui serait fort dommage tant leur couple transpire habituellement l'amour. Je préfère ne rien demander de plus et nous marchons devant Craig, telles deux petites filles qui se retrouvent dans la cour de récréation après un retour de vacances.

– J'ai tellement de choses à te raconter ! me dit-elle, alors que nous nous engageons dans un ascenseur pour rejoindre le véhicule de Craig.

C'est alors qu'un homme en costume trois-pièces pénètre dans la cabine, au moment même où les portes manquent de se refermer sur lui. J'appuie rapidement sur le bouton d'ouverture des portes, mais je me trompe de bouton et celles-ci se referment plus encore sur ce dernier. Il secoue légèrement la tête en fronçant les sourcils, avant que son visage ne s'éclaire d'un sourire.

– *Ffui*... Je crois que je viens d'échapper à un procès, dis-je presque dans un souffle à l'oreille de ma cousine, qui ne peut s'empêcher de rire fortement.

L'homme nous fixe tout en continuant de sourire, avant d'interrompre le mouvement de son index avec lequel il comptait sans doute appuyer sur le niveau moins 3.

– Hum ! Hum ! Il descend au même endroit que nous, si tu vois ce que je veux dire..., lâche Meribeth sans prendre la peine de chuchoter, tout en faisant une nouvelle grimace.

Elle en a toute une série, plus drôles les unes que les autres. Malgré tout, je ne suis pas étonnée par son allusion. Cela fait plusieurs années que Meribeth cherche à me caser avec un homme. Une fois, elle m'a même demandé si je n'avais pas une préférence pour les femmes, tant elle ne m'a jamais vu sortir avec un homme. Ce jour-là, j'ai ri à m'en faire presque pipi dessus, tant Meribeth faisait une drôle de tête en me posant cette question. Bien sûr, je n'ai rien contre ce genre de préférences sexuelles, mais elles ne sont pas faites pour moi. J'aime les hommes, cependant je n'ai pas encore rencontré celui qui me fera chavirer le cœur. Et bien que *M. Costume-trois-pièces* soit plutôt appétissant, il ne m'attire pas plus que cela. D'autant qu'en y regardant de plus près, un bel anneau doré orne son annulaire gauche... Ce qui ne l'empêche pas de me dévorer des yeux. C'est clair : je ne veux surtout pas d'un homme qui donne l'impression d'être libre alors qu'il ne l'est nullement !

Quelques minutes plus tard, Meribeth et moi montons à l'arrière du SUV de Craig, car ce dernier nous sert de chauffeur.

– Alors, je t'annonce le programme ! s'exclame Meribeth.

Je reste silencieuse pendant qu'elle énumère une longue, longue, très longue liste de choses prévues avant et pendant le mariage.

– Crois-tu que nous aurons assez d'une dizaine de jours pour faire tout ça ? dis-je en riant, un peu interloquée.

Meribeth éclate de rire et me serre de nouveau dans ses bras, posant son front contre le mien, les yeux fermés, comme nous le faisons depuis aussi longtemps que ma mémoire s'en souvienne.

Ce geste affable me remplit toujours d'un bien-être incommensurable. Il me rappelle papa, bien sûr, car cela vient davantage de ses origines écossaises que des celles celtes de maman, bien qu'elle aussi ait avec moi des petites manies de son pays.

La respiration de Meribeth s'accorde avec la mienne, puis nous ouvrons les yeux, tout en conservant la pose. Je remarque que les yeux verts de ma cousine préférée ont une brillance particulière. J'ai l'impression qu'elle est à la limite d'exploser en pleurs.

Je décolle mon front du sien, tout en parlant avec les yeux. Elle hoche la tête et ravale ses larmes.

– Si tu savais comme je suis heureuse que tu sois là à mes côtés, chuchote-t-elle.

– Je ne voudrais pas être ailleurs, murmuré-je avec un large sourire qui lui rend le sien.

– Bon ! Es-tu prête pour un cours de danse ? s'exclame-t-elle, prenant de court par un tel changement d'humeur.

– Euh, oui, bien sûr ! réponds-je, tandis que je vois Craig dans le rétroviseur intérieur secouer brièvement la tête, tout en laissant paraître une grimace de désarroi.

Je comprends immédiatement qu'il se sent dépassé par les humeurs de sa future femme. D'ailleurs, comment ne pas l'être en ayant à ses côtés une pile électrique, qui passe du coq à l'âne en un dixième de seconde.

Moins de vingt minutes plus tard, Craig coupe le moteur de son véhicule, après s'être garé devant la maison de ma tante. Il est prévu que Meribeth et moi y résidions jusqu'au jour de la cérémonie, tandis que Craig, en compagnie accompagné de son ami d'enfance et de l'un de ses cousins, s'installera dans la petite maison qu'il loue habituellement avec ma cousine, en attendant d'acheter le manoir de leur rêve. Je passe le pas de la porte d'entrée et ma tante, qui est la sœur cadette de papa, se jette à mon cou, en m'étreignant de ses bras chargés de tendresse. Elle aussi je l'adore !

– Comment vas-tu, ma fille ? me demande-t-elle avec un large sourire, tandis que mon oncle m'empoigne de ses bras de bûcheron.

– Je vais bien, tatie, réussis-je à dire en essayant de récupérer mon souffle.

– Hamish ! Ne la serre pas autant, tu vas me la casser ! s'écrie ma tante, en donnant une tape sur l'épaule de son large époux.

Puis, entre des fous rires, arrivent en même temps Rory et Paden, deux de mes petits cousins, et dans la même foulée Arabella et Bonnie, les jumelles âgées de dix ans, ainsi que Blair, mon autre oncle marié avec tante Senga, la sœur aînée de papa. Puis je distingue derrière eux Malvina, ma grand-tante, petite sœur de ma grand-mère paternelle, ainsi que Rhona et Sheena, deux autres cousines légèrement plus jeunes que moi et toutes deux sœurs de Meribeth, tous réunis pour la Noël et le mariage à venir, bien entendu ! Mais il ne s'agit en partie que du côté de papa.

– Eh bien, dites donc ! Vous êtes presque tous là et de si bonne heure ! m'exclamé-je, avec une joie profonde de revoir certains de mes proches qui se trouvaient à ma petite cousinade, réunie chez moi un mois plus tôt.

Un certain brouhaha s'élève tant nous parlons presque tous en même temps. Soudain, un bruit de roues grinçantes se fait entendre, assez fortement pour que tout le monde se taise aussitôt. Il s'agit du fauteuil roulant de ma grand-mère paternelle. Cette dernière s'y trouve juchée comme sur une monture, ses vieilles mains ridées agrippées à ses accoudoirs, si fortement que cela en fait blanchir ses jointures. Son regard n'a rien à voir avec celui de Maminette. Grand-mère Grace est très autoritaire, froide, le verbe tranchant et la mémoire aussi vive qu'une jeune femme de vingt ans, malgré ses quatre-vingt-onze ans. C'est dire à quel point personne ne la contredit ou ne cherche à la contrarier…

Cependant, je ne sais pourquoi, il semblerait qu'il n'y ait qu'avec moi qu'elle se montre très tendre.

– Alors, tu ne dis pas bonjour à ta grand-mère ! s'exclame-t-elle, jetant un froid sur tout notre petit rassemblement.

Je m'approche d'elle en me retenant de rire. Je sais qu'elle adore faire peur et veut absolument que notre petit secret d'être fort proches reste justement un secret. Alors, je m'approche d'elle, mimant d'être apeurée, avant qu'elle ne m'étreigne les mains avec tendresse, tout en conservant le visage fermé. Puis, elle me glisse à l'oreille :

– Si tu savais comme je suis heureuse de te voir, ma petite-fille chérie ! Enfin, je vais pouvoir reprendre notre conversation sur la vie, ajoute-t-elle avec un sourire que moi seule peux entrevoir… avant qu'elle ne reprenne son masque de terreur.

Je souris, mes sourcils froncés, afin de prolonger notre petit jeu, tout en articulant en silence, *à plus tard*…

– Je vous laisse ! Ces retrouvailles et tous ces baisers me fatiguent ! lâche-t-elle, manœuvrant avec brio les roues de son engin mobile.

Dans un petit grincement, elle se détourne de notre petit groupe familial, et retourne dans ses appartements du premier étage, en utilisant le petit ascenseur spécialement conçu pour elle. Dès qu'elle disparaît de notre vue à tous, les conversations reprennent promptement là où elles s'étaient arrêtées. Quelques minutes plus tard, j'emboîte le pas à Meribeth jusqu'à son ancienne chambre, qui se trouve dans le grenier aménagé. Quand je repense au nombre de fois où nous nous sommes retrouvées dans cette pièce à refaire le monde et à imaginer notre futur ! *Ffiou !* J'en ai le tournis ! Je me souviens même du jour de mes treize ans, lorsqu'en feuilletant l'album de photos de sa classe, Meribeth avait décidé que je me marierais avec Archie, un gringalet qui ne me plaisait pas du tout. Du coup, j'avais voulu lui rendre la pareille et lui avais assuré qu'elle épouserait le seul petit trapu de sa classe, un certain Craig McKenzie. Nous avions énormément ri ce jour-là en nous vêtant de robes du soir piquées dans l'armoire de sa mère ! Ça, c'était la première mauvaise idée dans le groupe des pires mauvaises idées de gamines. La seconde, c'était lorsqu'il nous a pris la stupide idée de nous servir des grands voilages de sa chambre en guise de voile de mariée… Épinglés d'une dizaine de barrettes sur chacune de nos petites têtes rousses, nous nous sommes mises à tournoyer sur place, mais notre ronde improvisée a eu raison de la tringle en laiton. Le bruit qu'elle a fait en se décrochant du mur nous a tétanisées, avant que nous ne piquions un fou rire. Cependant, moins de trente secondes plus tard, nous étions beaucoup moins fières en nous faisant punir par mon oncle, tandis que nous tentions en grimaçant de nous arracher de la tête les épingles qui nous rendaient plus que coupables. Depuis cette tendre époque, de l'eau a coulé sous les ponts et si Meribeth s'est totalement fourvoyée à mon encontre avec Archie, moi, sans véritablement le savoir, j'avais mis dans le mille avec Craig McKenzie. Après l'université, lors d'une soirée entre étudiants, Meribeth a revu Craig, qui avait bien grandi et était devenu un très bel homme. Dès lors, ils ne se sont plus quittés. Craig est bien l'homme de sa vie, même si j'ai ressenti quelque inquiétude lors de nos retrouvailles à l'aéroport. Je suis certaine que ce ne sont que les préparatifs du mariage qui les rendent un peu nerveux tous les deux. Enfin, je l'espère…

– Bon ! Ma chérie ! Es-tu prête pour un cours de danse ? s'exclame ma cousine, me tirant instantanément de mes souvenirs d'adolescente.

– Un cours de danse à cette heure-là ? demandé-je, l'esprit un peu embrumé par le manque de sommeil et l'heure encore fort matinale, car il n'est même pas encore huit heures et demie.

– L'avenir appartient à ceux qui se lèvent tôt ! s'exclame-t-elle en ponctuant ses dires d'un hochement de tête ferme, bouche close.

Je souris à cette expression qui lui donne un petit air mutin et lui demande de quel type de danse il s'agit.

– À ton avis ? Un cours de danse pour les mariés, pardi ! Mais je tiens à ce que tu nous accompagnes !

– OK ! Alors, donne-moi dix minutes, si tu le veux bien !

– Pas plus, car nous devons être sur la piste de danse à neuf heures trente précises !

J'acquiesce de nouveau avant que ma cousine ne ressorte de la pièce en riant fortement, ce qui me fait conserver le sourire que j'ai depuis mon arrivée. Je décide d'attendre qu'elle soit en bas des escaliers pour me rendre discrètement dans la chambre de ma grand-mère, car j'ai trop envie d'échanger avec elle sans masque. Malgré son âge avancé, elle vit toujours dans cette maison qui l'a vue naître. D'ailleurs, elle n'est pas prêtre pour vivre en EHPAD, et je reste certaine que cela vaut bien mieux pour le personnel de ces établissements !

– *Mamie est une dure à cuire et leur survie en dépend*, songé-je en riant sous cape, en descendant le plus silencieusement possible les marches de l'escalier en bois.

À la porte de sa chambre, je toque deux petits coups brefs, attends une longue seconde avant d'ajouter un autre coup identique, puis une seconde plus tard, deux autres coups rapprochés.

– Mamie, c'est moi, dis-je dans un murmure.

– Je t'ai reconnue, entre vite, ma chérie, et referme la porte ! À clé ! ajoute-t-elle, ce qui fait s'élargir mon sourire.

– Crains-tu que quelqu'un vienne te liquider ? dis-je en m'agenouillant devant son fauteuil roulant. Je pose ma tête sur ses vieilles jambes, tandis qu'elle dépose de mains ridées de bienveillantes caresses sur mes cheveux, comme elle le fait avec moi depuis toujours.

– Penses-tu ! Ma carabine est toujours accrochée au mur et elle est chargée ! dit-elle sur un ton moqueur.

Toutefois, bien que ladite carabine soit effectivement suspendue au mur, je ne prends pas la peine de mettre en doute la véracité de ses dires. Je suis certaine que l'engin est bien armé et que mamie Grace est tout à fait capable de se lever de son fauteuil pour s'en emparer. Dans sa jeunesse, elle a gagné de nombreux concours de tirs à la carabine et à l'arc. Disney a sa

« Rebelle[1] » et moi j'ai la mienne ! Le roux de mes cheveux me vient d'ailleurs de ses gènes, même si depuis, elle a une chevelure d'un blanc de neige. Je relève lentement la tête pour plonger mon regard dans ses prunelles moqueuses. Elle me sourit et je repose ma tête sur ses genoux, ce qui m'apaise beaucoup.

– Encore un Noël sans tes parents, lâche-t-elle la voix quelque peu serrée.

– Oui, mais tu sais que papa a un travail important et qu'il ne peut s'absenter en cette période. C'est la plus chargée pour lui, dis-je en essayant de me convaincre moi-même.

Il y a déjà de nombreuses années qu'eux deux ne passent plus les fêtes de fin d'année en famille. Ils sont très pris et c'est pourquoi chaque année je les vois entre fin novembre et début décembre.

– Oui, tu as sans doute raison, mais revoir mon fils me ferait grand bien. Je ne suis pas éternelle…

– Chut ! Je ne veux pas t'entendre dire ça ! protesté-je en fronçant les yeux et en serrant ses vieilles mains.

Après une longue minute, elle me pose la question fatidique et habituelle :

– Alors, t'es-tu enfin déniché un bel amoureux ?

– Non, mamie. Et tu sais bien que tu serais la première à l'apprendre si c'était le cas !

– Avant même ta mère ?

– Surtout avant maman, c'est clair ! Elle est pire que toi et se fait un souci monstre que je finisse vieille fille !

– Elle n'a pas tort, me diras-tu ! Je sais que vous, les jeunes, vous avez des machines qui peuvent remplacer un homme, mais ça ne fait pas tout ! Un bon mari te rendra heureuse plus qu'un fibromachinchose…

1. *Rebelle* est le 122e long-métrage d'animation des studios Disney.

– Mamie ! m'exclamai-je, interloquée, sourcils froncés, tandis qu'elle éclate de rire.

C'est soudain la voix de tante Senga.

– Maman ? Tout va bien ? dit-elle en essayant d'ouvrir la porte, qui reste bien évidemment close.

– Oui ! File ! Je suis en train de regarder la télé et tu me coupes d'une scène grandiose de mon téléfilm ! grogne mamie à sa fille, en me faisant un clin d'œil.

– Bien… alors, je te laisse, maman, lâche ma tante, un peu dépitée.

– Avec de telles réactions, ne t'attends pas de sa part d'avoir de la compassion le jour où elle te placera en EHPAD ! marmonné-je en me retenant de rire.

– Oh ! J'espère que je serai bien morte avant !

– Mamie ! J'espère que si une force plus grande que nous existe réellement, elle ne tiendra pas compte de cette stupide réflexion !

– Ma petite chérie, cette force se nomme le Tout-Puissant ! Je me demande quand tu finiras par y croire !

– Je crois déjà en moi et c'est déjà une bonne chose, je t'assure ! rétorqué-je en fronçant de nouveau les yeux.

Je ne comprendrai jamais pourquoi mes grands-mères, ainsi que la plupart de mes proches, ne peuvent supporter qu'aucun dieu ne fasse partie de ma vie.

– Peut-être qu'un miracle aura lieu à Noël, lâche-t-elle, l'air soudain lointain. C'est d'ailleurs ce que j'ai commandé cette année. Je veux que tu sois heureuse, mon enfant, ajoute-t-elle en plongeant son regard perçant dans mes prunelles étonnées.

– Mais qui te dis que je ne le suis pas ?

– Tu peux mentir à ta mère, à ta cousine Meribeth qui boit toutes tes paroles comme du petit-lait, à la terre entière si tu le souhaites et même à toi-même, mais pas à moi, ma petite-fille ! Tu finiras par ressentir ce qu'il manque à ta vie. Et ce qu'il manque à ta vie, eh bien, c'est un homme pour t'aimer, te protéger et te rendre heureuse. Tu le sauras dès lors que tu le trouveras. Alors, ouvre bien les yeux, mon enfant, et laisse tes sentiments se faire cueillir comme il se doit.

Ces derniers mots résonnent en moi tels ceux de Maminette dans sa toute dernière lettre. Lorsque je quitte ma grand-mère pour aller rejoindre ma cousine, je me sens toute chose. Mon cœur s'est quelque peu serré en repensant à Maminette que j'aimais tant. Plus de sept années se sont écoulées, mais son absence reste douloureuse. Je me sens prise d'un petit tremblement en imaginant que grand-mère Grace pourrait aussi m'être enlevée. C'est la première fois que je tiens entre mes mains la croix de Maminette, tout en ayant en tête un semblant de prière. Cela me donne une sensation bizarre dans le corps et j'ai l'impression d'avoir le mal de mer. En arrivant dans la cuisine, je me saisis maladroitement du mug, empli d'un lait chocolaté avec une pointe de cannelle, que me tend ma tante Iona avec un sourire bienveillant, comme si elle savait quelque chose que je ne sais pas encore… Je porte à mes lèvres le mug et je savoure une première gorgée de ce délicieux breuvage, qui efface immédiatement mes pensées noires. La seconde m'est encore plus agréable en me faisant songer que ça y est, Noël n'est plus très loin. À vrai dire, c'est dans deux jours, et je sens que celui-ci va être fort animé ! Puis Meribeth, accompagnée de Craig, me tire de mes douces pensées, en m'annonçant qu'il est temps de nous rendre à ce fameux cours de danse.

– Merci, tatie, dis-je en déposant une bise sur sa joue ronde et si douce. Comme d'habitude, ton chocolat est délicieux !

– À tout à l'heure, maman, lâche ma cousine en s'agrippant à mon coude pour m'entraîner avec elle.

Nous partons bras dessus, bras dessous en riant, tandis que ma tante lâche à Craig :

– Bon courage avec ces deux énergumènes !

Ce qui nous pousse encore plus à rire à gorge déployée. Craig met son véhicule, et aussitôt une musique s'élève dans l'habitacle.

– Oh, mais c'est quoi cette musique ? demandé-je en entendant une sorte de vocalises.

– Quoi ? Tu n'as jamais regardé la série *The Last Kingdom* ? m'interroge Craig.

– Euh… non, réponds-je du tac au tac.

– Tu rigoles ! s'exclame ma cousine. Tu n'as pas regardé la meilleure des meilleures des meilleures séries qui repassent sur Netflix ?

– Ce n'est pas parce que tu répètes plusieurs fois meilleures que je vais t'apporter une autre réponse ! dis-je en riant autant qu'elle.

Je continue de sourire en poursuivant notre joyeux échange.

– Je vous signale, d'une part que mes journées sont bien occupées et que j'ai eu dernièrement de nombreuses traductions urgentes à faire. J'en ai d'ailleurs apporté plusieurs avec moi ! Et d'autre part, pour m'intéresser à une série, faudrait-il encore que je sache de quoi elle parle, demandé-je quelque peu curieuse.

– C'est sur l'unification de l'Angleterre en l'an 800 ou 900, je ne sais plus trop ! me rétorque ma cousine.

– Ah ! dis-je tout simplement, pas vraiment intéressée par l'époque.

– Je suis certaine que tu imagines une série hyperpompeuse, mais je peux te dire que celle-ci, qui date un peu, certes, est absolument incroyable ! Et l'acteur, hum…

Craig se met à grogner en entendant sa future femme parler d'un autre homme, ce qui nous fait rire aux éclats.

– Ne t'inquiète pas, mon amour ! Je n'aime que toi ! clame Meribeth en grimaçant, tel qu'elle sait si bien le faire.

Je continue de rire tandis qu'elle ajoute à l'attention de son futur mari :

– Mais au lieu d'être jaloux d'un vieil acteur, mon amour, mets plutôt le titre sur lequel j'espère pouvoir faire mon entrée dans la chapelle !

Puis elle s'adresse à moi, baissant le ton.

– Craig et moi, on adore toute la bande-son. C'est sur le titre *Icicle* que je voudrais vraiment faire mon entrée, me redit-elle le regard soudain froncé.

– Pourquoi ne le pourrais-tu pas ?

– Parce que le prêtre n'est pas très magnanime avec nous...

Je ne sais quoi lui répondre, d'autant que les curés et autres prêtres, ce n'est pas ma tasse de thé !

L'air de ce titre s'élève dans l'habitable du véhicule et effectivement, après l'avoir écoutée, je comprends pourquoi ce choix. C'est apaisant, émouvant, et cela fait monter quelques sentiments et autres résonnances dans le cœur. Il faut absolument que je me procure cette bande-son et regarde cette soi-disant super série...

Dix minutes plus tard, à peine arrivons-nous sur place que le professeur de danse, un Italien à la cinquantaine bien tassée, grogne du fait qu'il s'impatiente de notre venue pour enfin débuter le cours.

Je regarde l'heure et nous n'avons que deux minutes de retard...

Mais les autres couples sont déjà en piste et Meribeth et Craig les rejoignent d'un pas empressé. Pendant ce temps, puisque je suis seule et ne danse pas, je retire mon manteau, mon écharpe et mes gants avant de m'adosser au mur comme une plante grimpante, me demandant ce que je peux bien faire là, à part me laisser bercer par une valse de Vienne fort envoûtante. En voyant les couples valser sur la piste, aussi maladroitement les uns que les autres, sauf peut-être ce couple de blonds fort bien assortis semblant sorti d'un magazine de mode, je songe que ce serait assez drôle de filmer les futurs mariés en plein exploit avec l'appareil photo de mon téléphone.

C'est alors qu'un homme à la carrure d'un highlander entre dans la pièce et me coupe dans mon élan. Il en impose tellement par sa présence que je retiens mon souffle, tout en l'admirant en train de chercher sans doute la sortie. Je songe qu'il a dû s'égarer et me dirige, le cœur légèrement battant vers lui, quand tout à coup il fait volte-face et son regard se rive au mien. Je me sens envahie par une chaleur peu commune. Il est doté d'un incroyable charisme et ses yeux semblent me transpercer jusqu'à mon âme.

– Allez, allez, les enfants ! On se dépêche ! En piste ! s'exclame maître Valentino, avec son accent à couper au couteau, tout en se ruant sur nous.

– Non, nous ne sommes pas ensemble, essayé-je de dire.

Dans le même temps, l'inconnu s'est transformé en une fraction de seconde en « mon cavalier » et a fait tomber au sol le manteau qu'il tenait sur son avant-bras. Le maître de danse nous attrape chacun par un poignet et nous entraîne sur la piste.

Sans nous laisser le temps de protester, maître Valentino frappe sur le sol deux coups de son long bâton pour marquer le tempo.

– Non ! Pas encore… Pas encore… Maintenant ! s'exclame-t-il à notre encontre tandis que la valse reprend de plus belle.

Je me retrouve dans les bras de ce guerrier et je m'y sens bien, apaisée, à ma place… C'est sans nul doute à cette seconde précise que je comprends qu'il manque indéniablement quelque chose à ma vie si parfaite !

3

Duncan

Je me demande ce que je fais ici, à danser en si bonne compagnie, à mon corps défendant. Pourtant, je me sens soudée à cette main fine que j'enveloppe de la mienne. La peau en est fort douce et le bout de ses doigts, légèrement plus froid que la paume, s'accroche d'une façon singulière qui me déstabilise. Je m'oblige à ne pas regarder la jeune femme qui me fait face, alors que j'aimerais lui dire quelque chose. Lui dire que son parfum me déstabilise, lui avouer que son autre main posée sur mon épaule me donne un sentiment d'appartenance que je pensais n'avoir plus le droit de ressentir.

– Et… un ! Et deux ! Et trois ! Et quatre ! s'exclame le professeur, qui continue de battre la cadence de son bâton verni. Allez ! On s'accorde et… on tournoie ! On tournoie encore une fois et… changement ! On inverse la tête de côté ! continue-t-il d'ordonner comme un général de grande armée.

Je ne sais pas si tout le monde s'exécute, mais moi j'obéis comme un bon garçon. Je tourne la tête comme demandé, mon regard balayant la ligne d'horizon. Le visage de la jeune femme s'impose à moi et mon regard, comme aimanté, se rive pour la seconde fois au sien. Elle s'empourpre plus encore qu'elle ne l'était quelques minutes auparavant. Je ressens moi-même une certaine rougeur me monter aux joues. Cela ne m'est pas arrivé depuis… je ne saurais vraiment le dire. Je sens mon cœur battre étrangement fort dans ma poitrine.

C'en est trop pour moi.

– Je vous prie de m'excuser, *madame*, dis-je dans un souffle, mais je dois partir…

Et sans un mot de plus, je me sauve, laissant la jeune femme seule, encore un pied sur la piste de danse. Je ne me sens pas très fier de ce que je viens de faire, mais il ne pouvait en être autrement. J'ai fait le choix, il y a longtemps, de ne plus jamais aimer et je ne veux plus revenir en arrière. Je ferme brièvement les yeux, tant je me sens désorienté. Je finis par trouver la sortie bien malgré moi. Mes pas, quoique rapides, restent irréguliers. J'ai l'impression d'être groggy. Je marche encore quelques minutes dans la rue avant de retrouver le lieu où je demeure apaisé. Je m'y sens aussitôt bien, rasséréné, en sécurité. La fraîcheur qui règne entre ces murs efface la chaleur qui enflamme mon visage. Je m'impose en silence le repos de mon corps, dont la tentation a été ranimée à mon insu. Si j'étais un ecclésiaste, je m'agenouillerai avec contrition et prierai encore et encore pour le salut de mon âme. Mais c'est loin d'être le cas. Tandis que je me remets doucement de mes émotions, des images de Keith, mon meilleur ami décédé sept ans plus tôt, apparaissent dans mon esprit. Je suis toujours dévasté par son absence et je me sens toujours aussi coupable de sa mort, même si les conclusions des experts sur son accident ont précisé qu'il s'agissait d'une défaillance des freins. Mais je ne peux m'ôter de la tête que c'est à cause de moi. Si je ne l'avais pas appelé pour venir me sauver de Sarah, il serait sans doute là, à mes côtés.

En resongeant à Keith, je repense à la vie que nous avions toute tracée dans la médecine. Des envies, des rêves, des projets, et tout cela s'est instantanément stoppé le jour où il est mort. J'ai tenté de poursuivre nos rêves en me rendant seul au Congo avec une mission humanitaire, comme nous en avions eu la vocation tous les deux. J'y ai rencontré la misère, la dureté de la vie, la sensation que j'étais toutefois à ma place. Je me sentais impliqué dans chaque cas que je traitais, avec la certitude de me sentir utile aux populations que je venais aider. Mais j'y ai également rencontré la foi aux côtés de sœur Marie et de l'abbé François. Des religieux voués à Dieu et au monde qui les entoure. Je les ai trouvés plus impliqués encore que moi, malgré mes diplômes de médecine en poche, malgré toutes mes connaissances sur le corps humain. Lors de notre première entrevue, il m'est apparu à cet instant précis que je ne connaissais rien sur l'âme. Une évidence m'a alors frappée en exerçant auprès de ces croyants. Dès lors, après mon long séjour passé au Congo, je suis reparti avec eux et ils m'ont emmené dans leur archidiocèse Je n'ai pas souhaité entrer dans les ordres bien sûr, car je ne me voue depuis toujours qu'à une seule religion, la médecine. Néanmoins, je me suis fait à moi-même le serment de vœu de célibat. C'était une évidence pour moi, car je ne concevais plus l'idée d'être un jour heureux alors que Keith ne le serait à jamais. Depuis de nombreuses années, armé de ma sacoche, je prodigue des soins aux plus démunis. Dans chaque mission où j'ai atterri, j'y ai rencontré la pauvreté, serré contre mon cœur des âmes blessées, ramassé des corps inertes et soigné des plaies dont les corps étaient meurtris par la grande misère. J'ai réconforté de nombreux enfants soudainement devenus orphelins et j'ai accompagné déjà trop de personnes jusqu'à leur dernier souffle.

Souvent dans mes missions humanitaires, je suis accompagné par des prêtres et autres religieux. Avec l'un d'eux, je me suis même rendu au Vatican pour rencontrer le Pape. Ce fut une expérience enrichissante qui m'a encore plus animé dans mes vœux de célibat tout en me rapprochant de Keith. En tant que médecin, je devrais être tout le temps rationnel, mais cette rencontre a changé quelque chose en moi. Certes ! pas au point de prendre la robe liturgique, mais l'idée que Keith puisse être là quelque part m'a laissé croire qu'il pouvait m'entendre.

Il y a encore quelques jours de cela, je me trouvais à Édimbourg et me voilà aujourd'hui à Inverness.

Ici, ce n'est pas Édimbourg ni le Congo.

Ici, personne ne connaît véritablement ma vie ni les blessures de mon âme.

Je m'y trouve fort apaisé, dans mon élément. Dès mon arrivée, j'ai eu la grande joie de revoir sœur Anna-Maria qui est d'une bienveillance incroyable. C'est une gentille âme, calme et douce et elle m'a accueilli avec beaucoup de bonté. J'avais fait sa rencontre au Niger lors d'un de ses périples chrétiens et de ma troisième mission humanitaire. C'est elle, d'ailleurs, qui m'a recommandé auprès du père Cunningham afin que je puisse m'occuper des orphelins du refuge d'Inverness. Bien que je ne connusse pas ce prêtre avant mon arrivée, celui-ci m'a accueilli à bras ouverts avec, malgré tout, quelques difficultés. C'est un homme d'un âge si avancé que je m'étonne encore qu'il puisse porter la soutane et célébrer la messe sans rendre l'âme… Sœur Anna-Maria n'a pas eu long à insister auprès de ce dernier pour que je sois logé gracieusement dans une cellule du presbytère, car celui-ci s'est endormi avant la fin de notre entretien. Prenant cela pour un oui, elle m'a accompagné dans ma cellule, située à un couloir de la sienne. Elle tenait à ce que je ne me trouve pas trop loin d'elle, ainsi, elle peut me solliciter autant que nécessaire pour les quelques jours que je vais passer ici. Ensuite, je m'envolerai pour la Tanzanie.

Sœur Anna-Maria m'a fait visiter les lieux avec connaissance et m'a assisté pendant deux jours durant lesquels j'ai vacciné tous les enfants de l'orphelinat. C'est la gentillesse incarnée. C'est d'ailleurs pour elle que je me trouvais à l'école de danse ce matin, afin de requérir auprès du directeur de l'établissement la participation de sa classe de musique pour la fête de charité qui aura lieu prochainement. En repartant des lieux, je me suis égaré et me suis retrouvé en quelques secondes à danser par erreur avec cette jeune femme… Le visage de celle-ci s'est imprimé durablement dans mon regard. J'ai beau fermer les yeux, je vois encore et encore son visage. Je secoue légèrement la tête, essayant de la chasser de mon esprit.

Un long miaulement me fait sortir de mes pensées à la fois douloureuses et à la fois réparatrices. C'est celui d'un chat errant qui a pris demeure en la chapelle. À tout le moins, depuis plus longtemps que moi. Dès mon arrivée, il m'a adopté et me rend visite plusieurs fois par jour. C'est une présence silencieuse, mais elle me fait du bien. Je l'ai prénommé Cupidon, car il a la particularité d'avoir une tache en forme de cœur sur le bas du dos. D'ailleurs, c'est bien la seule chose du cœur qui me concerne !

Une vingtaine de minutes plus tard, je me trouve toujours au sein de la chapelle. Je traverse la nef de celle-ci afin de retrouver sœur Anna-Maria pour lui annoncer que sa demande auprès du directeur a reçu une réponse positive. De joie, elle m'en a étreint les bras avec douceur. Avec un large sourire, je la délaisse tout à sa liesse, en rebroussant chemin. J'admire, entre le confessionnal et les portes de l'entrée principale, le va-et-vient qui semble s'articuler comme le mécanisme d'une montre suisse. Il s'agit de plusieurs fidèles qui attendent d'être reçus en confession par le père Cunningham. Je ne sais pas pourquoi, en voyant une femme dont le printemps est déjà fort lointain, arriver d'un pas décidé, ma curiosité me fait rester dans l'un des renfoncements de la chapelle, bien à l'abri des regards.

– Bonjour, père Cunningham ! s'exclame la voix de cette femme à peine installée dans le confessionnal et que je distingue au travers de la cloison en bois ajouré.

– Ffui, encore Mrs Paterson ! bougonne le prêtre.

Ce qui me surprend.

– Plaît-il, mon père ?

– Non, rien, ma fille, je vous disais, bien le bonjour ! Alors, qu'est-ce qui vous amène aujourd'hui à confesse, lui demande celui-ci, d'une voix vive.

– Mon père, pardonnez-moi, car j'ai pêché. Je me suis laissé embrasser par mon voisin. Seigneur ! Si mon mari venait à l'apprendre, ajoute-t-elle en feignant de s'essuyer les yeux de larmes invisibles.

– Oh, il le sait sans doute déjà, marmonne le prêtre.

Ces paroles, bien que dites d'une tonalité fort basse, se laissent entendre par moi. Ce qui m'amène un sourire aux lèvres.

– Que dites-vous, mon père, je n'entends rien si vous parlez si bas !

– Je disais, ma fille, que Dieu a mis cette tentation sur votre chemin et que vous n'avez pas su y résister et que…

– Comment voulez-vous résister à un jeune homme si appétissant ? l'interrompt-elle en poursuivant sa confession. C'est impossible de lutter contre ça, mon père !

Je me retiens d'éclater de rire tant la situation est plutôt comique. Cette femme ne semble pas avoir froid aux yeux. Elle paraît même être une grande dévote du confessionnal qui à l'air de pomper l'air du prêtre.

– Bon, arrêtez de me couper la parole et si vous voulez être pardonnée, il vous faudra réciter plusieurs « Je vous salue Marie » et peut-être aussi revoir votre tenue, ma fille ! s'écrie-t-il de colère.

S'il continue ainsi, je songe qu'il risque la crise cardiaque…

– Mais qu'est-ce qu'elle a ma tenue ? Elle plaît énormément et je ne vais pas m'habiller comme une none non plus ! grogne Mrs Paterson.

– Je ne suis pas là pour vous juger, ma fille, seul Dieu peut le faire. Et encore…, ajoute-t-il d'un timbre de voix laissant l'idée que cette femme pourrait mettre Dieu à terre lui-même. Faites quelques bonnes actions, rendez-vous utile aux pauvres, continue-t-il de parler sans prendre le temps de respirer. Il va y avoir la fête de charité et le bal de bienfaisance. Faites quelques gâteaux et souriez aux enfants… et pas à leurs pères…, ajoute-t-il dans une plainte d'une voix soudainement faible.

Je me sens d'emblée inquiet pour lui.

– Bien, mon père. Et ce sera tout ? demande Mrs Paterson en se remettant du rouge à lèvres tout en s'admirant dans le petit miroir qu'elle vient de sortir de son sac à main.

Devant le silence de ce dernier, je ressors de ma cachette afin d'ouvrir précipitamment la porte du confessionnal où il est censé se trouver assis. Cela dit, c'est plutôt totalement avachi sur lui-même que je le retrouve.

– Mon père ! Mon père ! m'écrié-je en cherchant son pouls.

Ce dernier sort de sa léthargie en clignant des yeux.

– Je crois que je me suis endormi.

Je soupire, car il m'aurait été fort désagréable de le retrouver mort et de devoir l'annoncer à sœur Anna-Maria avec laquelle il diffuse depuis plus de quarante ans la parole du Christ. C'est alors que je me retrouve face à Mrs Paterson dont la confession semble ne pas avoir été vraiment efficace.

– Mais quel charmant jeune homme avons-nous là ?

Devant mon silence, car je suis encore choqué par l'idée que le prêtre aurait pu rendre l'âme, je ne m'attends pas à ce que Mrs Paterson s'empare de ma main pour l'étreindre d'une façon peu commune.

– Bonjour, chère madame, dis-je en secouant sa main, espérant ainsi pouvoir retirer promptement la mienne.

Ce qui n'est pas le cas, tant elle s'agrippe à mes doigts.

– Je vous présente le docteur MacFadyen, ma fille, lâche le prêtre d'une voix endormie.

– Hum... un docteur ! Nous voilà fort chanceux à Inverness.

Elle laisse sa langue traîner si longuement sur le S que j'ai l'impression d'avoir affaire à un serpent.

– Oui, je suis le docteur MacFadyen et je suis là pour soigner les enfants...

Elle m'interrompt tout en s'approchant plus encore de moi.

– Oh, les enfants, les enfants ! Soigner les enfants, mais nous le sommes tous, n'est-ce pas mon père ? ajoute-t-elle en donnant un léger coup de coude sur le bras du prêtre qui manque presque de tomber à la renverse.

Ce dernier secoue la tête dans un mouvement tel, que je suis incapable de savoir s'il répond oui ou non. Mais cela n'empêche pas la vieille femme de poursuivre, essayant de me convaincre de la prendre comme patiente.

– Hum..., docteur MacFadyen, répète-t-elle d'une voix qu'elle espérait sans doute fort sensuelle.

Ce qui n'est malheureusement pour elle, pas le cas. Elle finit par relâcher ma main tout en papillonnant des paupières qui, semble-t-il, sont passées dernièrement sous le bistouri d'un chirurgien esthétique. Je songe que son attitude très théâtrale risque de me donner du fil à retordre. Elle continue de me faire les yeux doux tout en essayant d'en savoir le plus possible sur ma vie privée. Ce n'est pas la première à le faire depuis que je porte la blouse blanche et en toute modestie, elle ne sera pas la dernière non plus.

Après quelques minutes pénibles, je finis par réussir à m'en débarrasser. Je somme le père Cunningham d'aller se reposer tandis que ses ouailles quittent la chapelle. Je regarde ma montre et remarque que la matinée s'est rapidement écoulée. L'heure du déjeuner approche et, bien que je n'entende plus personne dans la nef, je décide de m'installer dans le confessionnal, là où le prêtre était avachi quelques minutes plus tôt. Ici, personne ne peut venir m'ennuyer. Je reste assis, soudain pensif sur ma vie. Mes pensées sont confuses et je songe encore une fois au visage de la jeune femme rencontrée ce matin. Mon cœur bat étrangement et même si je ne souhaite avoir aucune liaison amoureuse, je ne peux m'empêcher de penser à elle. Puis, sans pouvoir me l'expliquer, j'ai l'impression que Keith est présent ici, avec moi. Je me sens plus proche de lui en ce lieu que je n'ai pu l'être au Congo, au Niger, et même en retrouvant mon appartement à Édimbourg. Keith, c'était mon frère de cœur, celui qui connaissait tous mes secrets, mes forces et mes faiblesses, tous mes souhaits, toute ma vie, et il en était de même pour lui avec moi. Nous étions liés d'une certaine façon et il avait ce don de savoir rire de n'importe quelles situations. Il était aimé de ses proches, apprécié de ses patients dont l'âge ne dépassait que rarement les dix ans. Il se vouait chaque jour à sauver des enfants atteints de cancers et il était le meilleur.

– *Oui, le meilleur…*, me répété-je en silence, restant encore quelques longues secondes immergé dans de profondes pensées.

Contre toute attente, mon regard se rive à une ombre qui se déplace précipitamment vers l'autel en murmurant : « Petit ! petit ! », avant de s'asseoir finalement au premier rang. Je reste silencieux sans bouger. Soudain, la porte de la chapelle, certainement mal fermée, claque fortement à cause d'un courant d'air fréquent en ces lieux. La personne sursaute en se relevant, avant de pénétrer dans l'isoloir, comme pour se cacher de quelque chose ou de quelqu'un…

– *Serait-ce une fidèle venue à confesse ?* songé-je avant d'entrevoir au travers de la cloison en bois ajourée comme un moucharabieh qui sépare le confessionnal en deux parties, la silhouette d'une femme qui perturbe instantanément tous mes sens.

Je déglutis en silence et mon corps est pris d'un engourdissement, reconnaissant sans mal le visage délicat, encadré d'une magnifique chevelure rousse, appartenant à la jeune femme avec laquelle j'ai valsé plus tôt dans la matinée. Si je devais la comparer à quelque chose de céleste, je dirais qu'elle ressemble à un ange. À un ange fort plaisant… Je continue de rester immobile, en attente d'un mot qui ne vient pas. Je plisse les yeux afin de mieux l'entrevoir. Elle ôte son écharpe, puis ses gants, avant de la voir porter ses mains sur une chaîne qu'elle porte autour de son cou gracile, tout en fermant les yeux. Le timbre d'une voix céleste s'élève dans un chuchotement me faisant l'effet de la caresse d'une plume.

– Maminette, si tu es vraiment là, aide-moi…

– Mademoiselle…

Je n'ai pas le temps de terminer ma phrase que la jeune femme sursaute en poussant un petit cri.

– Je vous prie de m'excuser, je pensais être seule ! lâche-t-elle en ressortant précipitamment de l'isoloir.

– Non ! Ne partez pas ! arrivé-je à dire sans avoir le cran de sortir du confessionnal.

Elle ne dit pas un mot et semble même s'être figée sur place, tandis que je sens un muscle de mon visage tressauter anormalement.

– Revenez, la prié-je d'une voix extrêmement rauque que je ne me connaissais pas.

Au travers de la porte ajourée, je la vois faire volte-face et d'un pas mal assuré s'installer de nouveau sur le petit banc qui garnit son côté. J'hésite à poursuivre, comme si je risquais de la faire fuir. Alors, je patiente et la laisse parler en premier.

– Euh… Je ne sais pas quoi dire. C'est la première fois que je viens dans un confessionnal et… je… je… dois-je vous appeler mon père ?

– Seulement si vous le souhaitez, ma… fille.

Je ne sais pas ce qu'il me prend de dire ça, mais je ne veux surtout pas qu'elle parte.

– Je ne sais si je peux vous le dire…, poursuit-elle d'une voix chevrotante.

– Parlez, je vous écoute… et… et le Seigneur est avec vous et vous entend, arrivé-je à dire en retenant avec peine mon souffle, tant je sens mon pouls battre rapidement dans mes tempes, tandis qu'une légère sueur perle sur mon front.

J'espère que je ne vais pas être foudroyé sur place de me faire passer ainsi pour quelqu'un que je ne suis pas, mais je veux vraiment qu'elle reste et me parle encore de sa voix enchanteresse.

– Eh bien… je… je ne crois pas en Dieu ! m'avoue-t-elle en se relevant de son assise, tout en restant droite comme un I.

Je ne m'attendais pas à de tels aveux et je ne sais que lui répondre. Cependant, à tergiverser silencieusement, je la laisse dans une situation suscitant la gêne.

– Euh… Excusez-moi, mon père, c'était une très mauvaise idée, l'entends-je répondre d'une voix soudainement chevrotante. Je n'aurais jamais dû venir ici ! ajoute-t-elle en sortant rapidement.

Je regrette qu'elle s'en aille déjà et je ressors précipitamment du confessionnal pour la suivre. Mais je ne sais comment, la manche gauche de ma blouse blanche s'accroche au petit loquet de la porte, freinant mon mouvement pour lui emboîter le pas. Je me dégage, abîmant le tissu de mon vêtement médical, mais il est trop tard. La jeune femme a déjà pris la fuite, passant les portes en chêne admirablement sculptées. J'ai beau ressortir de la chapelle et une fois sur le parvis, tourner sur moi-même plusieurs fois, je ne la vois plus. Elle a totalement disparu de ma vue comme un fantôme…

4

Énora

Je continue de courir comme si j'avais le diable au derrière et même une fois assez éloignée du lieu saint, je ne ralentis pas pour autant mon pas.

– Énora ! Énora ! entends-je ma cousine qui m'interpelle depuis le trottoir situé d'en face.

Je la rejoins avec un large sourire, pour masquer la peur que j'ai eue plus tôt.

– Mais où étais-tu ? me demande-t-elle. Tu étais là en sortant du cours de danse, puis *ffiou !* tu as disparu !

– Je sais, mais je n'ai pas eu le temps de t'avertir. Je suis partie en courant et…

– Ah, ça oui, Craig et moi, on a bien vu que tu courais comme si tu étais possédée par quelque chose ! Tu n'as même pas répondu lorsque l'on s'est égosillés tous les deux !

– Oh, j'en suis désolée. Je suis entrée dans cette chapelle…

– Réellement ? m'interrompt-elle, en arquant ses sourcils avec étonnement.

– Oui, mais pas de panique, ce n'était pas pour prier ! me rebellé-je en la voyant grimacer.

– Oh, il y a longtemps que je ne me fais plus d'illusions de ce côté-là, même si au fond de moi je garde espoir qu'un jour tu changes ! Mais ne t'inquiète pas, j'y crois assez pour deux et je prie pour le salut de ton âme ! ajoute-t-elle avec sérieux, malgré un petit sourire qui se glisse aux commissures de ses lèvres. Mais vas-y, continue, m'invite-t-elle à poursuivre, tandis que je souris avec grande affection à ses paroles.

– Eh bien, en sortant du cours, j'ai entraperçu deux magnifiques chatons qui n'avaient pas de collier. Alors, je les ai suivis jusque dans la chapelle, mais ils ont disparu. Je les aurai bien pris avec moi, crois-moi !

– Ah, mince ! C'est vrai que tu as perdu Framboise dernièrement, dit-elle en me serrant dans ses bras. Mais ne t'inquiète pas, je suis certaine qu'on les reverra plus tard.

– Oui, peut-être, dis-je, en m'enfonçant soudain dans mes pensées.

Je songe encore à ce qu'il vient de m'arriver dans cette église. J'y suis entrée uniquement parce que j'avais entraperçu deux chatons tout blancs, portant une tache en forme de cœur sur l'arrière-train. Enfin, c'est ce qu'il m'a semblé. Puis une porte a claqué et cela m'a vraiment fichu la frousse. Alors je me suis réfugiée dans ce qui me paraissait être une bonne cachette, avant de me retrouver à penser à Maminette. En me saisissant de sa croix entre les mains, j'ai eu l'impression que j'étais de nouveau liée à elle. C'était une curieuse sensation, presque un étourdissement. J'imagine bien la tête qu'elle aurait faite si elle m'avait vue entrer dans un lieu de culte, et plus encore d'avoir trouvé le courage d'avouer à un curé que je ne crois pas en Dieu. Je l'imagine bien jaspiner sur le sujet avec sa petite moue habituelle. Cela élargit mon sourire, avant d'avoir soudain à l'esprit, l'image du highlander avec lequel j'ai dansé plus tôt dans la matinée. Je me sens alors traversée par une force étrange, presque insoutenable, qui manque de me faire perdre l'équilibre. Heureusement que Meribeth, sans se rendre compte de rien, m'attrape par la main en s'écriant :

– Allez, viens ! On va rejoindre mon futur époux.

Tout en récupérant mon équilibre, je marche à ses côtés, me demandant ce qu'il vient de m'arriver. J'ai vraiment l'impression d'avoir ressenti une présence, et je ne peux m'empêcher de jeter un regard par-dessus mon épaule, en direction de la chapelle. Ma cousine, qui remarque toujours tout, s'en rend compte, bien évidemment, et tout en nous installant dans le SUV, elle s'en inquiète, avant de m'annoncer que c'est dans ce lieu que leur union sera consacrée dans quelques jours.

– Allez-vous faire une répétition avant le jour J ? demandé-je, l'esprit encore un peu groggy.

– Ben, non ! Nous ne sommes pas dans une série américaine. Et puis avec Craig, nous avons l'habitude d'être plutôt spontanés. Alors, s'il nous prenait l'envie de faire une chose, il est fort probable que nous n'aimerions pas la refaire. Et moi, je ne veux absolument lui dire « oui, je le veux » qu'une seule fois ! s'écrie-t-elle, avec une joie profonde de petite fille qui va bientôt réaliser son rêve. Cependant, nous devons revoir encore une fois le père Cunningham, demain à onze heures. C'est lui qui va nous marier. Ce qui est incroyable quand on voit l'âge qu'il a. On dirait qu'il est déjà mort tellement il est vieux et tout ridé, lâche-t-elle comme sous le sceau d'un secret. Si tu le souhaites, ajoute-t-elle, tu pourrais te joindre à nous !

– Oh, tu sais ce que je pense de la religion, réponds-je. Je ne préfère pas ! Je resterai avec ta mère, réponds-je, tandis que Craig ne dit mot.

– Bien ! Je respecte ton souhait, mais sache que j'en ai un moi aussi. J'aimerais que tu te joignes à nous tous le 24 au soir pour la messe de minuit ! J'ose espérer que pour la première fois, tu viendras.

– Si j'assiste à la messe, qui va décorer les petits biscuits secs, hein ?

– Nos tantes les ont déjà préparés, avec l'espoir que tu n'aies plus aucun prétexte pour te dérober à cette tradition familiale !

– Tu sais bien, Meribeth, que je ne suis pas friande des messes, dis-je avec un sourire légèrement penaud.

– Je le sais bien, mais pour une fois tu ne pourrais pas faire une exception, ne serait-ce pour mamie Grace ? C'est peut-être son dernier réveillon, lâche-t-elle, la voix serrée.

Mes yeux se remplissent de larmes, comme ceux de ma cousine. Pourtant, je ne peux accéder à sa demande, cela n'aurait aucun sens pour moi d'assister à une messe célébrant un Dieu auquel je ne crois pas. La musique de ladite « meilleure série du monde » s'élève dans le SUV me faisant ressortir de ma subite morosité. Je jette un coup d'œil vers Craig et je sens qu'il a un besoin urgent de s'épancher sur le sort que lui réserve ma tendre cousine, pour au moins les cinquante prochaines années à venir… Mais je sens que Meribeth n'est pas près de me laisser seule avec lui, tant elle se colle à moi comme un arapède !

Dès que nous nous retrouvons toutes deux dans sa chambre, Meribeth en profite pour me demander qui était l'homme avec lequel elle m'a vue danser. Bien que surprise – et pas plus que ça non plus, car Meribeth remarque toujours tout –, je préfère éviter de lui donner le moindre détail, tandis que mon esprit m'emporte dans ce magnifique regard mordoré dans lequel je me suis noyée.

– Tu es sérieuse ? Pas même un tout-tout-tout-petit-détail ? insiste-t-elle, avec le regard d'un petit chien battu, qui me fait sortir de mes douces pensées.

Malgré cela, je choisis de rester sur ma position. Meribeth est tout à fait capable de raconter des sornettes à qui veut bien l'entendre, sans avoir besoin de fournir de l'eau à son moulin. Et si je lui en donnais, elle s'en servirait pour broder une histoire qui n'a jamais existé. Je la connais comme ma poche : Meribeth est capable de tout… ou presque !

Nous entendons soudain tatie Iona nous interpeller d'en bas, en nous informant que le déjeuner va être servi. Ce qui, à mon grand soulagement, met fin à ce petit interrogatoire de cousinage. Je demande à Meribeth de s'y rendre seule, car je dois passer auparavant aux commodités, tout en l'informant que je prendrais au passage mamie Grace pour l'aider à descendre au salon. C'est en me retrouvant dans la chambre de cette dernière que je me rends compte que mon soulagement va être de courte durée. J'ai soudain l'impression de me retrouver devant l'Inquisition espagnole, tant mamie Grace me questionne sur le highlander de ce matin. Je me demande comment elle l'a su. J'apprends alors que Meribeth, avant de rejoindre sa mère au salon, est venue la voir dans sa chambre pendant que j'étais aux toilettes, et qu'elle a eu tout bonnement le temps d'épiloguer sur le sujet avec notre aïeule.

– Alors ? Raconte-moi ! Était-il beau ? Ta cousine m'a dit que c'était un géant ! Ça, c'est fort bien, ainsi il pourra te protéger de tout !

– Mamie ! m'écrié-je.

– Eh bien, quoi ? C'est exactement ce que j'ai souhaité ! On peut vraiment dire que ton cadeau de Noël est arrivé en avance ! s'exclame-t-elle, comme si c'était la vérité.

Oh, je veux bien croire qu'à son grand âge, quand le temps nous est compté et que l'on émet un souhait, la moindre occasion est bonne pour se persuader qu'il a été exaucé. Mais pour mon cas, je n'y crois absolument pas. J'ai encore quelque peu le goût amer de son abandon en pleine piste. Peut-être est-il fiancé, peut-être même marié, avec une ribambelle de gosses à élever. Il s'est retrouvé à tournoyer avec moi par erreur, uniquement parce que le professeur de danse l'y a contraint, tout comme moi d'ailleurs. Ce n'est donc certainement pas mon cadeau de Noël…

– Houhou ! Tu es toujours là avec moi, ma petite fille ? m'interroge grand-mère Grace.

– Oui, et j'étais en train de songer que tu ne vas tout de même pas te flatter de ce que j'ai rencontré cet homme grâce à toi !

– Bien sûr que si ! Tu verras ! Après tout, tu n'as plus longtemps à patienter…

Sur ces mots, grand-mère me demande de la conduire au salon. À peine sorties de sa chambre, nous entendons ma tante nous appeler une seconde fois. Quelques minutes plus tard, en nous installant autour de la grande table rectangulaire, je crains pour ma survie. Ce déjeuner risque d'être mouvementé si Meribeth ou mamie Grace décident de faire quelques allusions aux événements qui me sont arrivés ce matin. Je me sens soudain soulagée en constatant que ce n'est pas le cas ; mamie Grace ayant jeté son dévolu sur deux de mes petits cousins, dont le second va prendre vraiment cher…

– Dites donc, Paden ! As-tu enfin une petite copine ?

– Non, mamie, toujours pas, répond mon petit cousin d'un air un peu blasé.

– Pourtant, tu approches des dix-huit ans ! Il serait temps !

Devant le silence de ce dernier dont les joues ont pris des rougeurs, mamie enchaîne ses interrogatoires familiaux…

– Et toi, Rory ?

– Non plus, mamie ! rétorque ce dernier, en échangeant un regard moqueur avec son grand frère.

– Moi à ton âge, on m'avait déjà fait la cour…

– Maman ! Il n'a que seize ans ! s'exclame ma tante Senga.

Mais mamie Grace ne tient absolument pas compte de la remarque de sa fille et poursuit son *investigation*…

– Remarque, je me demande pourquoi je vous pose la question. Avec vos figures transformées en gruyère, c'est clair que vous n'avez aucune chance de faire tourner la tête d'une jeune femme, quelle qu'elle soit ! Je serai vous, je me ferai une raison ! grommelle-t-elle dans son dentier, en me faisant un clin d'œil, tandis que mes petits neveux se plaignent à leur mère, tante Senga, de laquelle je suis beaucoup moins proche qu'avec Iona, la mère de Meribeth.

– Maman ! s'insurge de nouveau ma tante Senga. Es-tu obligée d'être désagréable, même avec tes petits-enfants ? Que tu le sois avec nous, certes ! nous sommes habitués, mais avec tes petits-enfants ! Ne pourrais-tu faire un effort ? ajoute-t-elle en fronçant les sourcils et en jetant un coup d'œil vers Iona, sa sœur cadette.

Tante Iona retrousse son petit nez dans une grimace et hoche la tête négativement. Malgré son âge avancé, mamie Grace continue de terroriser tout le monde. Je décide alors d'intervenir…

– Allons, mamie plaisante ! lâché-je à l'intention de mes petits cousins.

– Bien sûr que non ! insiste mon aïeule. Franchement, qui voudrait se frotter à un visage pareil ? ajoute-t-elle. Ce gamin est laid comme son père, me susurre-t-elle à l'oreille en parlant de Paden. Et celui-là, poursuit-elle, ne ressemble à personne dans cette famille. Sérieusement, qui peut porter un prénom signifiant « Roi aux cheveux roux » alors qu'il est blond comme les blés ?

Je suis censée être la seule à entendre cette dernière réflexion, cependant, ma tante Senga qui se trouve juste en face de sa mère comprend tout de suite l'allusion.

– Maman ! Tu es la plus détestable des mères ! s'écrie-t-elle en se levant de table et en jetant sa serviette dans son assiette.

– Eh bien, le déjeuner semble être encore plus animé que d'habitude ! lâche mon oncle Hamish, dans un murmure assez audible, tandis que mon oncle Blair, père des deux garçons, n'en mène pas large.

– Et vous les filles ? demande mamie Grace en s'adressant à Rhona et Sheena, mes deux autres cousines, sœurs cadettes de Meribeth. Toujours pas de bague de fiançailles au doigt ? ajoute-t-elle en levant la tête dans un hochement qui signifie plus une affirmation qu'un étonnement.

– Je ne savais pas que l'Inquisition espagnole était toujours d'actualité ! s'esclaffe Sheena, tandis que Rhona fronce les sourcils.

– Eh bien, il y en a bien une de vous deux qui finira lesbienne et on sait déjà laquelle ! affirme mamie Grace sans la moindre gêne.

– Mamie ! s'écrie Rhona en manquant de s'étouffer.

– Voilà ! C'est bien ce que je disais, enchérit mamie Grace.

– Et alors ? Qu'est-ce que cela peut te faire, hein ? l'interroge Rhona, le souffle court.

– À moi, rien, ma petite fille ! Ce n'est pas grave d'être homosexuelle lorsque l'on s'aime. Je veux juste te faire remarquer que si tu l'acceptes toi-même, tu verras que tu seras bien mieux dans tes baskets. De mon temps, on cachait tout parce que chaque aveu faisait naître une corvée ou une punition. Cela nous coûtait cher en…

Tandis que nous ne l'écoutons plus que d'une oreille, car c'est le petit laïus que mamie nous sert à chaque nouveau premier repas de nos retrouvailles familiales, oncle Hamish prend la pose et l'imite comme il sait si bien le faire depuis de nombreuses années maintenant.

Elle parle, radote et tient des propos déjà mille fois entendus de nous tous. Mon oncle poursuit son mime, nous donnant à tous un sourire aux lèvres, à la limite du fou rire, sauf peut-être Rhona qui ne digère pas la remarque de notre aïeule et oncle Blair qui, le visage fermé, sort de table pour aller retrouver son épouse en cuisine.

– ...Nous n'avions pas le droit de dire certaines choses sous peine de prendre une bonne raclée au ceinturon, n'est-ce pas Malvina ! poursuit mamie Grace, en donnant un coup de coude à sa sœur qui s'est, comme d'habitude, légèrement assoupie.

Ma grand-tante se réveille aussitôt de son microsommeil comme si de rien n'était, ce qui fait pouffer les jumelles Arabella et Bonnie. Mais comme elles n'ont que dix ans, tante Malvina ne leur en veut nullement et leur sourit tout en rétorquant à sa sœur :

– Oh, que oui ! Tu te souviens comment père nous punissait ? Mettez vos mains ici et ne bougez plus ! raconte-t-elle en imitant la voix grave et ferme de son défunt père.

Et il leur en faut peu pour qu'elles se lancent toutes deux à l'unisson dans un dialogue qui les emporte presque quatre vingtaines d'années en arrière...

Nous les laissons quelques minutes dans leur bulle, en écoutant cette histoire rabâchée mille fois par elles deux, avant qu'elles ne reviennent à notre époque, autour de cette table joliment garnie de mets forts appétissants que nous dévorons avec envie. Mes tantes savent recevoir et plus encore durant cette période festive. Et bien que le réveillon de Noël ne soit que demain, il y a de quoi nourrir sur cette table au moins trois familles comme la nôtre !

– Alors, tu comprends, ma Rhona, pourquoi tu ne dois pas avoir peur de ce que tu es. Affronte la vie, sinon elle ne te fera aucun cadeau ! clôture mamie Grace, avec un petit regard affectueux à l'égard de ma cousine dont les yeux s'embuent instantanément.

Je me rends vraiment compte pour la première fois que mamie Grace n'est pas si horrible que ça avec le reste de notre belle famille. Enfin… sauf avec mon petit cousin Rory dont le fait qu'il soit blond au lieu d'être roux, comme la majeure partie de ma famille paternelle, ne m'avait jamais sauté aux yeux. Je ne cherche cependant pas à en savoir davantage et décide de couper court à cette ambiance quelque peu agitée et pesante.

– Meribeth, demandé-je d'une voix forte, quand as-tu prévu que nous nous rendions au magasin pour le dernier essayage de ta robe de mariée et celui de nos robes de demoiselles d'honneur ?

– C'est prévu pour cet après-midi, à quatre heures précisément. Maman et tante Senga seront de la partie avec les jumelles, ainsi que Rhona et Sheena.

– *Yeah !* s'exclament en chœur mes deux cousines avec un large sourire tandis que les petites s'écrient : Youpi ! On va avoir nos robes de princesses !

Je suis contente de voir que Rhona reprend déjà du poil de la bête. C'est une pure descendante de highlanders, c'est pourquoi elle ne se laisse pas abattre si facilement, bien que l'échange incongru avec notre grand-mère, qui adore jouer au yoyo avec nos nerfs, ait de quoi laisser sur le carreau n'importe quel guerrier !

Tandis que mon oncle Blair se rassied à table sans un mot et surtout sans ma tante Senga, je remarque que Craig n'a pratiquement pas touché à son dessert, lui qui est reconnu pour être un grand gourmand. Comme il est installé juste à ma gauche, je profite de l'attention de mes proches qui écoutent l'échange audible entre tante Iona et oncle Blair pour glisser à l'oreille de Craig que nous pourrions nous retrouver durant un bon quart d'heure, après le repas, pendant que ma cousine ira sans nul doute se laver les dents. Meribeth est une maniaque de l'hygiène dentaire. Et quinze minutes, ce ne sera pas de trop pour elle ! Craig semble soulagé par ma proposition. Ravie de voir que le repas se poursuit sur une note plus légère qu'au commencement, Iona se rend dans le petit salon afin d'aller chercher sa sœur qui, finalement, se rassoit à sa place sans un mot. Mais je sens toutefois qu'entre tante Senga et sa mère, il y a un secret. Un lourd secret qui concerne mon petit cousin Rory…

5

Duncan

– Mon père, voici les dons que nous avons déjà reçus aujourd'hui pour la fête de charité et le bal de bienfaisance, s'adresse sœur Anna-Maria au père Cunningham.

– Ma sœur, je vous laisse le soin d'en disposer. Vous connaissez mieux que moi ce qu'il faut en faire et…

– Mon père, l'interrompt-elle, il y a toutefois une somme fort conséquente.

Son visage est plus que confus en prononçant ce dernier mot.

– Comment ça, conséquente ? répète ce dernier tout en me jetant un coup d'œil.

Je ne dis rien et attends comme lui la réponse de sœur Anna-Maria.

– Eh bien, disons que les petits pensionnaires du refuge de Saint Cuthbert auront de quoi passer l'hiver sans souci !

Devant le silence du prêtre, je réponds que je trouve cela plutôt bien que les gens s'impliquent autant dans des œuvres de charité pour les orphelins et les pauvres. Mais sœur Anna-Maria insiste plus encore sur le montant des dons reçus.

– Il y a vraiment, vraiment, vraiment beaucoup plus que ce que nous recevons en une année entière, insiste-t-elle, en écarquillant ses petits yeux d'un bleu laiteux, essayant alors de nous convaincre tous les deux.

– Savez-vous pourquoi, ma sœur ? demandé-je, circonspect.

– Je pense le savoir, mais cela me gêne, d'avoir à vous le dire, mon fils, poursuit-elle le visage un peu empourpré par une certaine gêne.

Je continue de ne pas comprendre où sœur Anna-Maria veut en venir et pourquoi elle s'adresse tout à coup à moi. Je lui laisse donc un temps de réflexion pour le faire.

– N'y voyez aucun reproche dans mes dires, mon fils, finit-elle par formuler.

– Sœur Anna-Maria, dites-moi donc ce qui vous trouble autant, la poussé-je à se confier.

– Eh bien, après que père Cunningham a demandé à Mrs Paterson de venir me voir, celle-ci est bien venue, ça oui, mais pas toute seule !

– Comment ça, pas toute seule ? l'interroge le père Cunningham.

– Eh bien, mon père, elle a œuvré en ce sens et son don est à la hauteur de ses péchés, mais ce n'est pas tout ! Ses amies qui l'accompagnaient m'ont également remis de nombreuses enveloppes bien garnies.

– Je reste surpris par la rapidité avec laquelle Mrs Paterson s'est empressée d'effacer ses péchés ! rétorque le père Cunningham. D'habitude, il lui faut au moins deux semaines pour qu'elle fasse quelque chose de bien pour la société.

– Mon père, elle est venue avec six autres de ses amies et ont presque exigé de moi que le docteur MacFadyen les reçoive à son cabinet au plus tôt ! Elles sont déjà repassées deux fois aujourd'hui, déclare-t-elle d'une voix harassée, et elles seraient toutes atteintes de maux divers. Elles veulent voir *le beau médecin* ! ajoute-t-elle en les imitant avec une petite grimace.

Je reste surpris d'une telle considération, voire quelque peu inquiet. Mais pour le moment, j'ai besoin de faire reprendre l'accro que je me suis fait sur ma blouse. Je rassure donc mes deux acolytes en leur disant que j'aviserai lorsqu'elles me tomberont dessus à bras raccourcis. Puis, je demande à sœur Anna-Maria si elle sait où je peux faire repriser ma blouse.

– Donnez-la-moi, je peux tout à fait le faire ! m'assure sœur Anna-Maria.

– Vous êtes sûre, je ne voudrais pas vous déranger, je peux la déposer chez une couturière, argumenté-je.

– Sœur Anna-Maria est fort habile de l'aiguille, m'assure le père Cunningham. Elle confectionne depuis de nombreuses années des habits pour les plus démunis, alors vous pouvez avoir une totale confiance en ses mains habiles.

Ses propos font rougir sœur Anna-Maria qui se signe aussitôt en silence. Je lui remets donc ma blouse avec confiance, quand soudain, mon ventre émet un petit son qui me rappelle que je n'ai encore rien avalé de la journée.

– Seigneur ! Mon fils ! Est-ce que le petit-déjeuner de ce matin ne vous a pas suffi ? m'interroge sœur Anna-Maria, l'air inquiet.

Je laisse échapper un petit rire avant de la rassurer.

– Si, il semblait parfaitement délicieux ! Mais je me suis mis maladroitement de la marmelade sur la main et le temps que je me détourne pour me rendre jusqu'à l'évier me rincer, eh bien, en moins de temps qu'il n'en faut pour le dire, mon petit-déjeuner a été avalé par deux chats et trois petits chatons. Je n'ai pas eu le courage de les faire fuir, alors je suis parti à l'école de danse le ventre vide.

– Ah, ces diablotins de chats ! Ils sont là depuis je ne sais combien d'années ! Il y en a déjà eu plusieurs générations et avec la dernière portée, je crois bien que cette race griffée d'un petit cœur sur le bassin n'est pas près de s'éteindre, s'exclame-t-elle, avant de rire de bon cœur. Mais bon, ils nous débarrassent de tous les rongeurs ! ajoute-t-elle avec un faciès d'évidence.

Ce qui est certainement vrai. Cela dit, bien que je ne fasse pas partie de la catégorie des gens égoïstes, je souhaite toutefois pouvoir prendre mon petit-déjeuner sans me le faire chiper par une petite bande de poils à cœur, d'autant que j'ai pris l'habitude de jeûner le midi et de le faire savoir à sœur Anna-Maria dès mon arrivée. Je songe alors que des croquettes pour chats ne seraient pas du luxe. Je préviens sœur Anna-Maria que je compte me rendre sur le champ au centre commercial pour en acheter.

– Oh, mais vous n'allez pas partir le ventre vide ! me sermonne-t-elle avec un large sourire. Suivez-moi !

Je ne refuse pas sa proposition et quelques minutes plus tard, je ne le regrette pas non plus en me retrouvant dans la cuisine, attablé à la vieille table taillée dans un tronc de chêne. Elle dépose devant moi un café brûlant et de nombreux petits gâteaux fort appétissants agencés en pyramide dans une belle assiette en porcelaine d'un temps passé. Je trouvais que sœur Anna-Maria était déjà un véritable cordon-bleu avec le poulet et les pommes de terre sautées qu'elle a cuisiné hier soir, mais les pâtisseries semblent faire partie également de ses talents culinaires, ce qui me réjouit grandement. Toutes les nones dont j'ai croisé la route n'avaient pas toutes la fibre culinaire. Je repense même à sœur Delphine, qui devait être la pis des cuisinières. Loin de savoir faire cuire des œufs au plat, ses gâteaux manquaient cruellement de cuisson ou étaient trop cuits au point que même trempés dans un café, ils absorbaient le liquide instantanément ! Avec la cuisine de sœur Anna-Maria, je n'ai pas l'obligation de me forcer pour avaler le moindre morceau. Je guette toutefois que les chats et leurs chatons ne soient pas dans les parages. Ces gâteaux sont trop délicieux pour les partager avec ces petites boules de poils !

Repu, je repasse par ma cellule pour me vêtir de ma veste. Je me sens bien au point de me dire que j'ai envie de partager ce bien-être avec quelqu'un. Le visage de ma belle rousse s'impose à moi et je me sens pris d'un léger tremblement. Je ne sais pas pourquoi, je pense à elle ou plutôt, si, je pense le savoir. Je me sens bien. Étrangement bien au point que je serai capable, si je la croisais, d'aller lui parler. Enfin, je crois… La joie m'étreint tellement le cœur qu'au moment de quitter la chapelle pour me rendre en courses, je croise sœur Anna-Maria. Je me surprends à la serrer brièvement entre mes bras avant de m'en excuser aussitôt. Avec un sourire, elle me rassure qu'elle ne m'en tient pas rigueur, bien au contraire. Puis, d'une voix devenue soudainement chevrotante, elle se confie à moi.

– Si j'avais eu un fils, je pense que j'aurais aimé qu'il vous ressemble, mon cher enfant. Mais je crois que l'on peut dire, si vous me le permettez, qu'au vu de votre jeune âge, cela pourrait tout à fait être possible…

Je sens qu'elle retient un sanglot. Je reste silencieux, la fixant d'un regard brillant, avant de serrer ses mains avec bienveillance.

– J'ai perdu ma mère lorsque je n'étais qu'un très jeune enfant, lui dévoilé-je. Alors, si vous le voulez bien, par moments, j'accepte volontiers que vous jouiez ce rôle, lui avoué-je le cœur serré.

Elle acquiesce avec un sourire.

– Ce sera notre petit secret, chuchote-t-elle avec son accent si particulier, et si jamais le Tout-Puissant me foudroie sur place, eh bien, je saurai que j'ai eu tort.

Je la quitte, profondément ému autant qu'elle… Peu de femmes ont traversé ma vie. Je n'ai pas de sœur ni tante, mes grands-mères sont mortes avant ma naissance et mon père a refait sa vie sans moi. Quelques filles ont traversé mon lit, mais hormis Sarah, mon ex, je n'ai jamais eu d'autres relations longues depuis. Le seul que je considérais comme mon frère, c'était Keith. Même lui m'a été arraché. À cette pensée, je ne peux m'empêcher de me sentir traverser par une douleur qui m'étreint tout le corps. Les émotions semblent habiter mon corps de plus en plus depuis mon arrivée à Inverness. Je me ressaisis tout en inspirant fortement l'air frais. Cela me fait un bien fou et je prends la direction du centre-ville avec un visage plus apaisé.

La rue est agréable et le centre-ville fort animé. Un père Noël secoue sa cloche dans l'espoir de recevoir quelques dons dans la boîte en forme de tambour qu'il tient contre lui. J'y dépose un billet pour lequel il me remercie en secouant plus encore sa cloche. Un peu plus loin je croise un groupe de chanteurs de Noël qui s'arrête par-ci par-là afin de réjouir des petits groupes de flâneurs. Je remarque qu'il y a même une patinoire éphémère en plein air sur laquelle de nombreux enfants patinent avec ou sans parents. Le propriétaire du *food-truck* situé devant l'entrée du centre commercial me propose un café à emporter. Mais je préfère décliner son offre de peur de maculer mes habits si jamais je glissais sur le sol gelé par endroits. D'autant que j'en ai bu un délicieux plus tôt. Je finis par franchir les portes en verre de la galerie commerciale et je déambule tout en admirant les décorations de Noël. L'intérieur de la galerie a été embelli avec la même générosité que l'extérieur. Je regarde l'heure, car dans une heure, j'ai deux enfants à recevoir à mon cabinet. Je presse le pas dans les rayons et je finis par trouver lesdites croquettes auxquelles j'ajoute de petits jouets pour les chatons.

Je règle mes achats puis, je retraverse la galerie. Soudain, mon regard est attiré par une vitrine, dont les trois quarts inférieurs sont floutés d'une large bande arabesque. Il s'agit d'un atelier de robes de mariées et autres tenues de cérémonies. Loin de moi l'idée saugrenue de vouloir y pénétrer, néanmoins mon regard reste fixé sur une jeune femme toute vêtue de vert foncé. Sa robe lui sied admirablement et sa chevelure rousse n'en est que plus flamboyante. D'autres jeunes femmes l'entourent, mais elle seule absorbe mon esprit pour que je continue de l'admirer. Je reconnais sans peine la jeune femme avec laquelle j'ai dansé quelques pas puis échangé deux mots dans l'enceinte de la chapelle. Elle est à couper le souffle et je sens à cet instant précis que je retiens le mien. Sans m'en rendre compte, j'ai posé ma main libre au-dessus de la bande arabesque afin de mieux la contempler, mes achats dans l'autre main. C'est alors que son regard croise le mien. Elle se fige autant que moi et je me rends immédiatement compte de mon attitude indiscrète. Je me détourne d'elle en accélérant le pas pour fuir les lieux. Arrivé au-dehors, je souffle comme si j'étais en apnée depuis plusieurs minutes. C'est alors que mon cauchemar ne fait que commencer lorsque j'entends une voix féminine m'interpeller d'un timbre traînant et surtout reconnaissable entre mille. Je suis certain qu'il s'agit de Mrs Paterson.

– Docteur ! Docteur MacFadyen ! Youhou !

Au bout de la troisième exclamation, je songe que ce n'est pas très poli de ne pas y répondre. Je me retourne vers elle en me sentant soudain en danger en reconnaissant bien ses traits. Mrs Paterson est accompagnée d'une multitude d'amies qui se ressemblent toutes. J'ai l'impression de voir un essaim de guêpes foncer droit sur moi et je crains soudain pour ma vie…

6

Énora

Je reste figée sur place tandis que l'homme qui me regardait a disparu comme par enchantement de ma vue. Je ne l'ai pas bien distingué entièrement à cause des arabesques qui décorent la devanture, mais son visage et surtout son regard ne me trompaient pas. Il s'agissait bien de mon danseur de la matinée. Je me prends à rêver qu'il est libre et que c'est pour cela qu'il se trouvait le nez accolé à la vitrine pour me regarder. Je ne crois pas en Dieu ni en aucune autre divinité, mais je crois en la magie de Noël. Cette période est particulière pour moi et je me rends compte que je n'ai jamais autant souhaité la passer avec un homme. Avec *cet* homme…

– Pourquoi es-tu si rouge ? me demande soudain tante Iona. Auriez-vous un verre d'eau ? insiste-t-elle auprès de la vendeuse, en me tapotant la main. Ça ne va pas, ma chérie ? Viens t'asseoir ici, ajoute-t-elle en me tirant doucement par la main jusqu'à un fauteuil aux formes anciennes, recouvert d'un joli velours rouge grenat, sur lequel elle insiste pour que je m'asseye.

Il est vrai que mes pensées me donnent de grandes émotions et que j'en ai presque les jambes coupées. L'une des vendeuses qui s'occupe de notre petit groupe m'apporte très rapidement un verre d'eau. Je le bois, ce qui me fait un bien fou, avant de rassurer tout le monde.

– Ce n'est rien, juste une petite chute de tension.

Je préfère mentir plutôt que d'avoir à avouer devant tout le monde que cet homme me remue les tripes et pas seulement celles-ci. J'ai des papillons dans le ventre, les rougeurs que je sens encore sur mon visage ne sont dues qu'à la joie de l'avoir entraperçu par-delà la vitrine. Il me fait un effet monstre et je me sens presque surprise de prier silencieusement qu'il ne soit ni marié ni le géniteur d'une ribambelle d'enfants. Je repense aux paroles de mamie Grace. Est-ce que les souhaits peuvent se réaliser lorsqu'ils sont nécessaires à notre survie ? La mienne ou celle de mamie Grace ? Je crois bien qu'elle veut me voir mariée avant de partir et moi, je ne l'ai jamais autant souhaité que ce jour.

– Énora ? Énora ? entends-je Meribeth m'interpeller comme si elle était à une centaine de mètres de moi.

Je sors de toutes ces réflexions silencieuses en souriant spontanément, comme si de rien n'était. Ne rien ébruiter, ne rien dire qui pourrait me coûter un dîner animé avec mes proches, ne rien révéler des battements actuels de mon cœur. Sinon, je ne donne pas cher de ma peau avec toutes ces curieuses qui ne demandent qu'à savoir ce qu'il m'arrive.

Tandis que je me remets de mes émotions, les jumelles font leur essayage. Elles sont adorables dans leurs petites robes d'un vert bien plus tendre que la mienne et qui n'ont pas besoin de retouches, car ce sont encore de jeunes enfants sans trop de formes. Elles sautillent de joie. Un large sourire aux lèvres, je tourne la tête vers mes autres cousines, toujours parées de leur robe de cérémonie. Je remarque alors que le tissu dans lequel elles sont confectionnées est également de couleur verte, mais d'une note moins soutenue que la mienne. Ce qui amène un joli dégradé de ton à notre petit groupe de demoiselles d'honneur. Cela apportera une certaine originalité lors de la cérémonie et sur les photos qui seront prises le jour J.

Une fois leur essayage terminé, c'est à nouveau à mon tour de monter sur la petite estrade. La vendeuse pose la dernière retouche au niveau de ma taille, car je l'ai plus fine que celles de mes cousines Rhona et Sheena, desquelles les mesures ont été prises pour ma robe. Les leurs sont parfaitement ajustées à leur corps, du fait que les retouches avaient été prises lors d'un essayage précédent, quelques semaines plus tôt. Et aujourd'hui, c'était leur dernier essayage, tout comme celui de Meribeth dont, justement, ça va être le tour. Quelques minutes plus tard, elle apparaît à nos yeux, resplendissante. Ma tante Iona laisse échapper une larme, mes cousines émettent en chœur un petit sifflement d'admiration ; quant à moi, j'en ai le souffle coupé. Elle est absolument magnifique !

Eilidh McKenzie, la mère de Craig, qui nous a rejointes il y a quelques minutes, est également très touchée par l'allure de sa future bru.

– Tu es superbe, Meribeth, lui glisse-t-elle, les larmes aux yeux, et je suis fière de te voir entrer dans notre famille, ajoute-t-elle en faisant un petit signe à la vendeuse, qui acquiesce à son geste.

Eilidh tient entre ses mains le tartan de la famille de son mari, les McKenzie, et tout comme elle-même l'a porté à son mariage, elle le glisse en écharpe sur la tenue virginale de Meribeth.

– Voilà, c'est parfait ! lâche-t-elle avant que Meribeth ne la serre entre ses bras.

Un câlin presque général s'impose sur la petite estrade où se trouve toujours ma cousine. Nous serrons ses mains, avant de poser chacune notre tour notre front contre le sien. C'est un rituel familial chez les Wallace et personne n'y déroge. Lorsque c'est à mon tour, j'ai l'impression que mon cœur veut jaillir de ma poitrine, tant j'ai l'impression que mon corps implose. Dans l'euphorie de l'instant, et bien que très heureuse du bonheur qui attend ma cousine, je ne peux m'empêcher de penser plus que jamais à *mon* highlander.

Plus tard, dans la soirée, et après un dîner plutôt tranquille, car ma grand-mère et ma grand-tante ont décidé de prendre leur repas dans leur chambre, je finis par entrevoir Craig seul. Je n'ai pas pu le voir avant comme prévu, à midi. Meribeth était bien partie se laver les dents pendant plus d'une quinzaine de minutes, mais elle avait insisté pour que je reste avec elle pour échanger sur le sous-entendu que mamie Grace avait fait sur Rory, et qu'elle aussi avait finalement entendu. Ce qui ne nous a menées nulle part, car nous n'avions aucune réponse logique à cette allusion.

– Craig ! Viens ! dis-je en lui faisant signe de se dépêcher.

Ce dernier termine rapidement sa discussion avec mes oncles sur sa dernière production de whisky, et sort précipitamment du grand salon où se trouvent encore la plupart des personnes de ma famille. Il me rejoint dans le couloir et tandis que nous nous rendons discrètement dans le jardin situé à l'arrière de la grande demeure familiale, appartenant depuis de nombreuses générations aux Wallace dont je suis issue, je lui annonce que Meribeth est avec sa mère, en train de ranger sa robe de mariée et tous les achats que nous avons faits aujourd'hui pour le mariage.

– Nous devrions avoir quelques minutes à nous, soufflé-je au futur mari de ma cousine adorée.

Ce dernier soupire, avant de se frotter l'arrière de la tête, un brin gêné.

– Craig, que se passe-t-il avec Meribeth ? Tu n'allais pas bien à midi, ni ce soir au dîner. Depuis que vous êtes venus me chercher à l'aéroport, je sens bien que quelque chose te tracasse. Est-ce le mariage qui t'inquiète ? osé-je demander.

– Non, ce n'est pas à proprement dit le mariage, mais je me demande toutefois si Meribeth m'aime toujours. Enfin, si elle n'aime que moi, m'avoue-t-il d'une voix à la limite de se briser.

– Comment ça ? Bien sûr qu'elle n'aime que toi ! Elle me l'a encore dit pas plus tard que ce matin. Elle t'aime à la folie, n'en doute jamais !

– Certes ! Je veux bien te croire, mais depuis une semaine, elle envoie et reçoit de drôles de SMS sur son téléphone. Jamais je ne me permettrais de lire ses messages, mais j'ai entrevu par hasard un échange avec un certain Kyle et je t'avoue que depuis, je nourris quelques craintes.

– Que disaient ces messages ? le questionné-je, l'esprit troublé d'entrevoir une telle inquiétude chez un homme pas habituellement porté sur la jalousie et qui plus est se trouve être la tendresse même avec ma cousine.

– J'ai l'impression que je vais être ridicule, surtout si Meribeth l'apprend…

– Tu ne seras jamais un homme ridicule, Craig, et Meribeth n'en saura jamais rien, tu as ma parole d'honneur ! le rassuré-je comme je le peux, même si l'expression de son visage me laisse à penser qu'il ne s'agit pas d'une futilité.

Je ne l'avais encore jamais vu aussi mal. Je lui souris malgré tout, afin de l'encourager à s'épancher. Il ne me rend pas mon sourire et se racle plutôt la gorge, avant de se rapprocher de moi, afin de conserver une certaine confidentialité à ce qu'il s'apprête à m'avouer.

– Meribeth reçoit depuis quelque temps des messages à n'importe quelle heure. Enfin, pas non plus deux cents ! me précise-t-il, l'air soudain un peu penaud. Mais, reprend-il aussitôt, plusieurs qui m'ont mis la puce à l'oreille. Celui que j'ai entraperçu la semaine dernière était un simple smiley en forme de cœur signé Kyle. Lorsque j'ai demandé à Meribeth qui lui envoyait un message aussi tardif, elle a ri avant de m'embrasser, me disant que c'était un ancien copain d'école qu'elle avait retrouvé sur les réseaux sociaux. Confiant, j'ai chassé celui-ci de mes pensées. Cependant, elle a reçu un nouveau message de ce Kyle, il y a trois jours de cela. Je sais que je ne suis pas jaloux de nature et qu'il m'en faut beaucoup pour douter de ma future femme. Mais l'échange que j'ai lu par le plus grand des hasards sur son téléphone m'a totalement refroidi et filé un mal de ventre qui ne me quitte pas depuis.

Je suis navrée d'apprendre sa souffrance, qu'il semble n'avoir partagée avec personne, à part moi en cet instant. Je pense que son ego masculin est touché. Et comme il aime énormément ma cousine, il craint sans doute que tout ne s'arrête, si jamais il venait à mettre en doute sa fidélité, si ce n'était pas le cas.

– Quelle en était la teneur ? demandé-je d'un murmure. Il me répond aussitôt d'une voix rauque et vibrante :

– Le premier message visible disait : *J'ai une super surprise pour toi et je te promets que tu vas m'adorer encore plus ! Comme la dernière fois, on peut se retrouver mercredi matin à la réception du Ness Walk. Mais fais en sorte d'être discrète et que ton futur mari ne te suive pas jusqu'à l'hôtel ! Je ne souhaite pas avoir à en découdre avec lui.* Trois petits points terminaient sa phrase, en plus d'un smiley cœur signé Kyle.

Je déglutis légèrement, tandis que Craig poursuit sur le même ton.

– Meribeth avait déjà répondu à ce message en disant que nous avions rendez-vous le lendemain matin avec le prêtre qui doit nous marier, donc qu'il leur faudrait se voir très tôt. Et ce lendemain matin, eh bien, c'est demain ! m'informe-t-il l'air grognon.

Mais il poursuit, d'une voix qui s'éteint de plus en plus, m'expliquant que Meribeth se trouvait sous sa douche lorsqu'une alerte de SMS a retenti sur son téléphone.

– Celle-ci a attiré mon attention, mais je n'ai rien fait, sauf d'appeler à haute voix Meribeth pour le lui dire. Elle m'a aussitôt répondu que ce n'était rien d'important, mais elle est sortie à la vitesse de la lumière de la salle de bains, ce qui m'a vraiment étonné, elle qui passe toujours un temps fou à s'apprêter. Le temps qu'elle arrive, je n'ai pas pu m'empêcher de regarder l'écran de son téléphone.

Je reste silencieuse, écoutant chaque parole que Craig me lâche avec douleur.

– Et le message qui m'a alerté sur tout cet échange, c'était une réponse de ce fameux Kyle qui répondait à Meribeth : *T'inquiète, on fera vite comme la dernière fois !*

Sur cette dernière phrase qui me laisse perplexe, je tente d'imaginer ma cousine avec un autre homme, mentant à tout le monde. Surtout à Craig qu'elle aime comme une dingue, et à moi alors que nous sommes aussi proches que des sœurs. Puis, j'essaye de me souvenir de tout ce que Craig vient de me dire et suis étonnée qu'il ait pu retenir ces échanges écrits avec autant de précision. Je reste dubitative, ne sachant pas vraiment quoi lui répondre pour le rassurer. Néanmoins, je suis la demoiselle d'honneur principale et je ferais bien mal mon travail si je ne trouvais pas les mots pour lui ôter son inquiétude. Alors, tout en cherchant quoi lui dire, je débute ainsi :

– Je suis certaine qu'il y a une explication plus simple qu'il n'y paraît, Craig. Meribeth ne peut pas te tromper. Elle t'aime depuis le jour où vous vous êtes retrouvés à cette fête d'étudiants !

– Je ne demande qu'à te croire, mais ils vont se retrouver demain à l'hôtel et il lui a dit qu'elle allait l'adorer encore plus, tout de même !

– Justement ! Il a employé le verbe adorer et non pas aimer, tu vois ce que je veux dire ! insisté-je, loin d'être moi-même rassurée par ma propre déduction, d'autant qu'aucune explication ne me vient à l'esprit pour expliquer ce lieu propice à une relation cachée… surtout sur cette dernière phrase si pleine d'ambiguïtés !

Craig se frotte le menton, le regard plongé dans des réflexions silencieuses. Soudain, nous entendons Meribeth nous appeler, avant de nous surprendre ensemble presque cachés en catimini du reste de la famille.

– Eh bien ! Que se passe-t-il ici ? demande-t-elle aussitôt en s'accrochant à l'avant-bras de son futur époux.

– Oh, rien du tout ! m'écrié-je d'une voix haut perchée. Craig et moi étions en train de… de parier ! dis-je stupidement, sans me rendre compte que j'allais devoir vite trouver l'enjeu de notre pari fictif, si je ne voulais pas faire naître des doutes également de son côté.

– Ah, oui ? Et sur quoi porte votre pari ? insiste ma cousine, le regard rieur.

Craig et moi restons silencieux quelques secondes, le temps de trouver une réponse convenable. Alors que je m'apprête à dire une stupidité, Craig me coupe l'herbe sous le pied en s'exclamant qu'il a parié avec moi que s'il réussissait à attraper un chaton, je devrais me rendre à la messe de Noël. Piégée à mon propre jeu, je ne peux m'empêcher d'acquiescer avec une petite grimace.

– Oh, que je t'aime, toi ! s'exclame Meribeth en se jetant dans les bras de Craig.

J'écarquille avec insistance les yeux en fixant Craig, afin de lui faire comprendre qu'il s'est bien fourvoyé sur sa future femme et qu'elle n'aime que lui. Je ne suis cependant pas certaine qu'il comprenne bien ce message, car il me tend la main en s'exclamant :

– Pari tenu !

– Dis donc ! Il ne te reste que peu de temps alors pour attraper un chaton, mon amour ! Je te rappelle que la veille de Noël, c'est demain soir ! ajoute Meribeth avec un petit sourire mutin, tout en se haussant sur la pointe des pieds pour déposer sur les lèvres de Craig un baiser chaste, avant que celui-ci ne se transforme en baiser langoureux.

J'ai l'impression soudain de tenir la chandelle tant leur baiser se prolonge. Je retiens mon souffle, surprise que cela dure si longtemps. J'ai l'impression d'être une voyeuse. Je finis par soupirer lorsqu'ils se détachent l'un de l'autre, en se prenant la main. Ils me délaissent et je me demande s'ils se souviennent que je suis là, avec eux. Restée seule devant la porte de l'arrière de la maison, je me demande bien où tout cela va me mener !

– *À l'église, mon enfant !* entends-je résonner dans ma tête la voix de Maminette.

Cela me surprend peu car depuis sa disparition, il n'y a pas un jour où je ne pense pas à elle. Elle avait un humour qui en a déridé plus d'un. Je songe alors qu'après tout, j'ai envie d'avoir un chaton et si cela doit passer par la messe de Noël, eh bien, Alléluia !

7

Duncan

Je viens de passer une nuit fort perturbante. Enfin, plutôt une nuit *très* agitée. Un regard vert émeraude m'a troublé toute la nuit durant, et mon corps a répondu à quelques appels dont je pensais en avoir fini à jamais. Après tout, je ne suis qu'un homme qui a décidé de brider son corps. Il se peut qu'un jour, je le regrette amèrement. Mais pour le moment, je dois me ressaisir. Malgré une douche froide et un excellent petit-déjeuner préparé par sœur Anna-Maria, j'ai beau essayer de ne plus penser à *elle*, rien n'y fait. Je n'arrive pas à me sortir de la tête ce regard vert. Comment la chasser de ma tête alors qu'elle inonde mon esprit, possède déjà mon âme, et que mon cœur bat la chamade pour elle comme un étudiant ? Je ne sais que penser.

– Tout va bien, mon fils ? s'inquiète sœur Anna-Maria qui, arrivant dans ma cellule, me retrouve assis sur mon lit, le regard pensif.

Je tente de lui répondre, mais rien ne sort de ma bouche. Le visage qu'elle me présente semble m'avoir percé à jour et je ne sais que faire pour qu'elle ne pense pas de mal à mon égard. Malgré mon angoisse grandissante, elle s'approche de moi puis, avec un geste lent et attentionné, elle pose une main maternelle sur ma joue.

– Je connais ce regard et cette douleur, mon fils. Père Cunningham a eu le même lorsqu'il est entré dans les ordres, me déclare-t-elle avec son accent espagnol, qui ressort plus encore que d'habitude. Une femme l'aimait et il l'aimait réciproquement. Cependant, il a choisi Dieu. Mais vous, pourquoi devoir choisir ?

Je ne sais que lui répondre sans me dévoiler plus encore.

– Vous êtes jeune, vous avez la vie devant vous, mais parfois, il est bon de la partager avec quelqu'un. Vous semblez si seul…

Ma voix semble presque cassée lorsque je lui réponds que je ne peux plus aimer. Que je me refuse à l'être également. Intérieurement, je m'en veux d'être aussi faible. Cette jeune femme fait naître en moi des émotions et des sensations que je pensais avoir bannis de mon corps. Je m'en veux terriblement et pourtant, j'ai la folle envie de l'enlacer. Mais comment dire cela à une bonne sœur ? Comment lui avouer que mon corps me trahit depuis que j'ai croisé le regard vert de cette magnifique rousse ?

Devant mon silence, elle poursuit :

– Je sais que Dieu n'a pas toute votre attention et que votre vocation vous empêche de prier, vous ne me l'avez jamais caché. Mais, parfois, lorsque la tentation est grande, pourquoi ne pas se laisser aller et voir où cela vous mènera ?

– Non, je ne le peux pas, ma sœur, je ne le peux pas ! Je me suis fait une promesse et jamais je ne reviens sur mes décisions. La raison est ce qui me gouverne depuis de nombreuses années. C'est ainsi que j'arrive à survivre au jour suivant.

– Survivre, ce n'est pas vivre, mon enfant ! Mais soit ! Cela ne regarde que vous, ajoute-t-elle en prenant place sur la chaise de ma cellule.

Fortement ébranlé par cet échange, je reste une ou deux longues secondes à la fixer du regard. Je ressens soudain le besoin urgent de me sentir enlacé par des bras protecteurs et sœur Anna-Maria le ressent aussitôt. Sans un mot de plus, elle se relève et m'enlace comme une mère, même si elle m'a appris lors de mon arrivée à Inverness qu'elle n'avait jamais rencontré l'amour physique, seulement celui de Dieu. Sur l'instant, je me suis senti triste pour elle, mais elle m'a assuré que le Seigneur a comblé ce manque, si tant est qu'elle en aurait ressenti l'absence. Aujourd'hui, à plus de 75 printemps, elle se trouve en paix avec elle-même, le cœur apaisé de tout.

– Dieu est miséricordieux. Il saura être clément avec vous, si vous l'êtes avec vous-même, me récite-t-elle comme si elle avait déjà prononcé mille fois ces mots.

Ce qui doit sans doute être le cas.

Je m'épanche sur mon passé, sur l'amitié indéfectible que Keith et moi nous nous portions. Je lui parle de sa mort, de son absence au quotidien qui me fait mal comme au premier jour. Je déverse ma peine, lui avoue mes émotions de cœur pour une jeune femme dont je ne connais même pas le nom et elle m'écoute sans aucun jugement.

– Mais comment pourrais-je être heureux alors que mon meilleur ami ne le sera jamais ?

– Qui vous dit qu'il ne l'est pas ?

C'est vrai que je n'en sais rien. Personne d'ailleurs ne le sait.

– *Je manque peut-être de courage*, songé-je avec un petit tremblement qui me traverse le torse.

– La vie est vraiment imprévisible et ce qui doit arriver arrivera, me déclare-t-elle avec un petit sourire. Que Dieu vous garde ! ajoute-t-elle en me tapotant la main comme une amie fidèle.

Sœur Anna-Maria m'assure que je pourrais toujours trouver une oreille réconfortante auprès d'elle. Je me sens apaisé par sa confiance. Elle est telle qu'elle s'est montrée depuis le premier jour de notre rencontre et sa bienveillance à mon endroit me touche profondément.

– Mais pour le moment, mon fils, ne vous fustigez plus ! Nous avons grand besoin du médecin, et tenez ! lâche-t-elle en me tendant un vêtement plié. J'étais venue vous remettre votre blouse raccommodée ! me précise-t-elle.

Je la remercie et me vêts de ce vêtement sentant bon le propre. Sœur Anna-Maria m'annonce qu'il est l'heure pour moi de me rendre dans la pièce qui m'a été allouée pour recevoir mes patients. L'endroit a un mur mitoyen avec le bureau du père Cunningham. Ce qui peut être gênant, car par moments ce dernier parle si fort, que j'entends parfaitement ses conversations. Pour ma part, je parle trop bas pour qu'il puisse m'entendre et puis, il est vraiment sourd comme un pot. C'est sœur Anna-Maria qui m'a proposé de m'y installer pour y faire mes consultations. Rien n'est blanc, rien n'est neuf, mais tout est propre et cela est largement suffisant pour les quelques jours que j'ai à passer à Inverness. Dès que j'ai su que j'allais exercer en ces lieux saints, j'ai commandé immédiatement un divan d'examen. Je me rends compte en pénétrant dans la pièce que celui-ci a déjà été livré et installé. Je suis certain que je le dois à cette bienveillante femme.

– Je vous laisse avec la famille Welsh, m'informe-t-elle en les faisant entrer avant de refermer la porte sur elle.

Je prends en charge le petit de la famille qui vient d'avoir cinq ans et qui a une petite toux. Ses parents sont loin d'être aisés et ils sont heureux que je puisse soigner leur enfant gracieusement. S'ensuivent plusieurs consultations du même acabit. Pendant ce temps, dans la pièce d'à côté, la voix du père

Cunningham s'élève plusieurs fois. Parfois avec un mot de réconfort, d'autres d'une voix plus autoritaire. Ses rendez-vous défilent tandis que les miens sont terminés pour la journée. La petite Moyra était la dernière à être vaccinée aujourd'hui. Je m'installe plus aisément sur mon fauteuil, mon PC allumé devant les yeux. Je lis en biais mon planning des jours suivants tant ce qu'il se passe à côté m'interpelle. Bien que je ne sois absolument pas d'une nature curieuse, depuis que je suis arrivé à Inverness, cela semble devenir le contraire. Je tends l'oreille tout en restant dans un silence pratiquement religieux.

– Bonjour Miss Graham. Monsieur McKenzie, entends-je le prêtre s'adresser à ces derniers. Vous connaissez déjà sœur Anna-Maria.

– Oui, mon père, répondent d'une seule voix les deux personnes, qui me semblent, au vu de leur timbre de voix, un peu plus jeunes que moi.

– Alors, toujours prêts pour le mariage ? leur demande-t-il.

Ce qui me surprend. J'en déduis qu'il s'agit d'un jeune couple qui doit s'unir prochainement.

– Alors, puisque vous désirez toujours vous marier, je souhaite revoir avec vous quelques points. J'ai bien quelques notes de notre dernier rendez-vous, mais j'aimerais vous entendre me parler de votre couple, si cela ne vous indispose pas, bien évidemment.

– Bien sûr que non, mon père ! s'exclame Miss Graham en prenant aussitôt seule la parole. Craig et moi, poursuit-elle sans laisser à quiconque le moindre autre mot, nous nous aimons. À la folie ! ajoute-t-elle en riant de bon cœur.

Je reste surpris de l'entendre d'une voix si enjouée alors que je n'entends mot de son futur époux. Au bout de quinze minutes, j'en sais plus sur leur amour et sur la vie qui les attend que sur quiconque eût pu faire partie de ma vie. La jeune femme reprend son monologue se confiant encore et encore sur leur amour, quand, soudain, j'entends le jeune homme s'exclamer :

– Il suffit ! Arrête-toi, mon amour !

Je sens que je vais assister à une dispute intercloisonnage. Ce mariage me semble déjà fort compromis.

– Craig, mon amour, que se passe-t-il ? Tu ne veux plus m'épouser ? s'inquiète Miss Graham.

– Non, ce n'est pas ça. Enfin, je ne sais plus..., lui répond ce dernier d'une voix si basse que je me rends compte que je dois tendre l'oreille pour mieux l'entendre.

– Tu ne sais plus ? C'est une blague, Craig ! Nous sommes à moins de dix jours de notre union et tu m'annonces ça maintenant ! En plus dans la maison du Seigneur ! Tu penses que je vais le prendre comment ? proteste-t-elle avec virulence.

J'ai soudain presque envie d'intervenir, mais je n'en ai pas le droit. Cela n'est pas de mon ressort. Je reste donc silencieux de mon côté, les laissant tout à leur dispute quand soudain, je finis par comprendre qu'il est question d'une troisième personne.

– Kyle ? Kyle ! Mais Kyle, ce n'est personne, mon amour !

– Personne ? Personne que tu retrouves à l'hôtel ! Personne avec qui tu fais des choses vite fait ! allègue-t-il d'une voix presque brisée.

– Oh, mon Dieu ! lâche Miss Graham. Ce n'est pas ça, je te le jure, Craig ! Il n'y a que toi ! revendique-t-elle d'une voix qui me paraît plutôt sincère.

– Alors, dis-moi qui est Kyle pour toi ? Dis-le-moi ! insiste-t-il. Dis-moi que je me trompe et je t'emmènerai jusqu'à l'autel !

– Oui, tu te trompes totalement, mon amour ! C'est juste un ami. Tu dois me faire confiance ! Je t'en supplie ne gâche pas tout, insiste-t-elle à la limite d'exploser en pleurs.

Je me rends compte que je me suis relevé de mon assise, mais je reste toujours silencieux. Je me trouve consterné par leur dispute qui semble établie sur un énorme quiproquo.

– Je vous en prie, mes enfants, finis-je par entendre le père Cunningham d'une voix qui gronde. Vous devez résoudre ça avant d'aller plus loin ! Vous, Miss Graham, vous devez être sincère telle que vous nous l'avez fait comprendre durant plusieurs minutes ! Votre couple semblait reposer sur la confiance. Il vous faut la retrouver si vous voulez que votre couple soit fort ! Quant à vous, monsieur McKenzie, je ne saurai trop vous dire de ne pas rester aveuglé par vos propres déductions et de ne pas rester sur vos positions, le conseille-t-il. Parfois, nos points de vue nous disent noir alors que tout est blanc. Je suis certain que cela va s'arranger entre vous. Mais parlez, dites-vous tout ce que vous avez sur le cœur, continue-t-il à épiloguer. Ainsi, le chemin que vous prendrez sera le même. Je prierai pour vous et je reste certain que tout rentrera dans l'ordre, leur affirme-t-il.

Je suis étonné par le discours du prêtre. Je le trouve même très bon. J'en prends note aussi pour moi d'une certaine façon. Rien n'est tout blanc, rien n'est tout noir. Il faut que j'apprenne à mesurer ces deux couleurs pour vivre de nouveau. J'en ai la forte conviction au fond de moi. Je me rassois, épuisé, comme si je venais de courir un cent mètres. Pendant ce temps, de l'autre côté de la cloison, plus aucune parole ne se fait entendre.

– Si cela peut te rassurer, Craig, Kyle est gay !

De surprise, je manque de laisser échapper quelques mots à haute voix. Heureusement que je m'en abstiens.

– Mais je ne peux rien te dire de plus, sinon, cela va tout gâcher ! affirme la jeune femme d'une voix ressemblant presque à celle d'un enfant.

Je ne sais pas ce qu'il se passe de plus, mais j'entends le prêtre leur proposer un nouveau rendez-vous avant le jour de l'An.

– Tout compte fait, je crois bien qu'en janvier, je vais pouvoir vous donner le sacrement de votre mariage si vous vous aimez autant ! Allez en paix, mes enfants ! ajoute le prêtre.

Je les entends quitter la pièce et comme ma porte est légèrement entrouverte, je ne peux m'empêcher d'aller voir à quoi ressemble ce couple. Je constate que tous deux s'en vont main dans la main. Ce qui me fait plaisir alors que je ne les connais absolument pas.

– Eh bien, c'était moins une ! entends-je sœur Anna-Maria s'exclamer.

Je me déplace dans le bureau d'à côté et ris de bon cœur avec elle et le père Cunningham.

C'est alors que quelqu'un toque à la porte que j'ai laissée entrouverte. Si je ne reconnais pas les traits des visages de ce couple, je reconnais toutefois leurs tenues lorsqu'ils sont repartis d'ici.

– Miss Graham, avez-vous oublié quelque chose ? demande sœur Anna-Maria.

– J'avais encore un point que je voulais aborder avec vous, mon père, mais peut-être que je vous dérange ? lâche-t-elle en me regardant soudainement.

– Non, non, pas du tout. Je suis le docteur MacFadyen, me présenté-je à eux deux.

Ils me saluent d'une main franche et je les trouve fort bien assortis. Je m'apprête à quitter le bureau, me demandant bien toutefois ce que cette jeune femme pourrait ajouter d'autre à tout ce qu'elle m'a dévoilé à son insu plus tôt. Mais sa demande m'interpelle tandis que je vois son futur époux se frotter l'arrière de la tête, une gêne profonde dans le regard.

– Mon père, je sais que cela reste un petit différend entre nous, mais si vous pouviez vous montrer conciliant et accepter ma demande d'entrer et de traverser la nef sur la musique de *The Last Kingdom*, mon bonheur serait parfait !

Le temps que le père Cunningham réfléchisse à la réponse à lui donner, sœur Anna-Maria me souffle à l'oreille que ce dernier est un brin pointilleux voire vieillot sur la musique qui se joue lors des bénédictions nuptiales. Malheureusement, elle est persuadée qu'il refusera de nouveau cette demande.

Je sens que ce couple est encore fragilisé par leur entrevue et leur dispute passée. Je me sens d'intervenir en leur faveur, d'autant que j'ai une grande admiration pour la bande-son de cette série. La musique est vraiment exceptionnelle et m'a toujours apaisé l'esprit.

– Mon père, débuté-je avec un léger sourire, je dois vous avouer que ce son est divin et qu'il donne à celui qui l'écoute une paix dans le cœur.

Je continue mon petit laïus assez longtemps pour que le père Cunningham dépose les armes.

– Sérieusement ? C'est bien vrai ? Vous acceptez, mon père ! lui demande Miss Graham.

– Oui, je vous y autorise ! Mais c'est le docteur qu'il faut remercier, ajoute-t-il en me faisant un clin d'œil.

Cet homme d'Église me surprend de jour en jour… Puis, Miss Graham me surprend à son tour lorsqu'elle se jette dans mes bras pour me remercier avant de s'en excuser. Je souris à ce jeune couple. Ils s'aiment à n'en pas douter. Je les laisse reprendre leur chemin, finalement tous deux plus sereins. Je me dis que parfois le bonheur ne tient pas à grand-chose. Je songe instantanément à un regard vert qui se refuse à quitter mon esprit. Je secoue aussitôt la tête afin de le chasser, mais il reste marqué sur ma rétine comme au fer rouge. Tout compte fait, je décide de le laisser m'envahir…

Je conserve un léger sourire de béatitude en laissant mes hôtes à leur nouveau rendez-vous. En retournant dans mon cabinet, je croise alors un jeune garçon accompagné de ses parents. Si sa grande taille me surprend, je reste inquiet par sa pâleur. Je retourne néanmoins dans mon bureau avec l'idée de lui prescrire quelques vitamines. Lorsque tous trois quittent le bureau du prêtre, je les interpelle aussitôt. Ses parents, d'origine polonaise, sont ravis que je m'occupe de leur fils. D'ailleurs, eux aussi ont quelques carences en vitamine C. Pendant la consultation, j'apprends que l'enfant prénommé Stanislas va vivre avec nous au presbytère. Pendant que je l'ausculte, celui-ci m'explique qu'il voue un grand culte à Dieu et se sent investi d'une mission auprès de sœur Anna-Maria et du père Cunningham. Son acceptation au sein de l'Église en tant que petit sacristain semble le ravir.

Après leur départ, je laisse sœur Anna-Maria prendre soin de Stanislas et lui montrer la cellule où il va vivre les prochains mois. De mon côté, je décide d'aller voir si mes petits compagnons poilus ont apprécié les croquettes que je leur ai mises dans la cour arrière de la chapelle, où se trouve également un petit cimetière. Je constate que c'est le cas, mais je suis toutefois surpris de retrouver auprès d'eux Miss Graham et son futur mari.

– Docteur, ils sont à vous tous ces chats ? m'interroge celle-ci en s'amusant avec l'un des chatons, qui apprécie fortement les petits jouets que je leur ai achetés.

– Ils n'appartiennent à personne, lui réponds-je tout en me disant qu'elle souhaite certainement repartir avec l'un de ces mignons.

– Oh, vous me permettez alors d'en prendre un ? Enfin, ce n'est pas pour moi, mais pour ma cousine ! rétorque-t-elle très enjouée. Enfin, ma cousine ne croit pas en Dieu, mais...

Et voilà de nouveau Miss Graham épiloguer longuement pour m'expliquer finalement que si je l'autorise à prendre un chaton, je participerais à faire entrer à l'église, une fidèle de plus ce soir à la messe de minuit. Je n'ai pas d'*a priori* sur ce dernier point. Cependant, Miss Graham est si convaincante que je ne peux lui refuser sa *nouvelle* demande. Tandis qu'ils repartent tous deux avec le chaton, un paquet de croquettes et un jouet que je leur ai remis avec grand plaisir, je songe à *ma* brebis égarée qui était entrée dans le confessionnal pas plus tard qu'hier. Je me mets soudain à imaginer que ce pourrait être *elle*, la cousine de Miss Graham, avant de me rendre compte qu'à cette idée, mon corps tremble d'un plaisir contenu. Je m'enfuis dans ma cellule et une fois à l'abri dans celle-ci, je m'allonge sur mon lit. Mon corps réagit au quart de tour dès que je pense à elle. Je ne crois pas vraiment en quelque chose, mais je suis prêt à prier qui que ce soit si tant est que je puisse la revoir prochainement...

Je finis par me tancer, afin de me ressaisir au plus tôt, si je veux être capable de reprendre ma vie en main. Lorsqu'un peu plus tard, je retrouve au déjeuner sœur Anna-Maria, le jeune Stanislas et le père Cunningham, ce dernier est en train de finir de dire le bénédicité. Je le laisse terminer de dire les grâces avant de prendre place à leur table. L'odeur qui s'élève des assiettes dressées me met en appétit et je chasse mes pensées qui m'envahissent l'esprit afin de profiter de l'instant en compagnie de ces bonnes personnes. Au bout de quelques minutes, je me rends compte qu'ils sont déjà tous trois très complices. Alors que je m'apprête à déguster un morceau de viande rôtie, les chats et leurs chatons nous interrompent, en faisant leur entrée dans notre salle des repas avec la ferme intention de nous chaparder le gigot découpé en tranches parfaites. Pourtant, ils se sont bien gavés de croquettes, mais la cuisine de sœur Anna-Maria ferait damner un saint ! Nous voilà donc en pleine belligérance. Et tandis que nous réussissons à attraper les deux petits, les deux grands se sauvent, emportant chacun une belle tranche de gigot coincée dans leur gueule. Nous les mettons tous dehors, refermons la porte de la cuisine et rions à gorge déployée. Finalement, nous nous réinstallons pour savourer ce délicieux repas bénit par le dieu des chats !

8

Énora

– Énora ! Énora ! J'entends Meribeth qui m'appelle dans toute la maison.

– J'arrive, cousine, j'arrive ! réponds-je en dévalant les escaliers pour la rejoindre.

C'est alors que je suis totalement surprise par ce que je vois. Craig tient dans ses bras un chaton magnifique, d'un joli poil blanc.

– Hé ! hé ! Tu vas devoir te rendre à la messe de Noël avec nous ! s'esclaffe ma cousine, tout en sautillant sur place comme une puce.

Malgré la joie qui étreint mon cœur à la vue de cette petite boule de poils, je songe que je vais devoir me soumettre à une messe alors que je ne crois pas en Dieu. Mais bon ! Un pari est un pari, même si on m'a un peu forcé la main. Mais je dois rendre les armes car, à l'évidence, j'ai totalement perdu celui-ci !

– Oh, il est trop mignon ! s'exclame l'une des jumelles, qui arrive certainement de la cuisine au vu du chocolat qui barbouille un côté de sa petite bouche.

– Oh, oui ! J'en veux un moi aussi ! déclare sa jumelle qui vient sûrement du même endroit, comme en témoigne le chocolat qui macule également ses jolies petites lèvres.

– Oh, il a un cœur sur le dos ! nous fait remarquer Arabella, à moins que ce ne soit Bonnie.

– Eh bien, oui, ma puce. Tu as raison, lui réponds-je en caressant la rondeur de sa joue toute douce.

– Alors, comment vas-tu l'appeler ? me questionne Meribeth.

– Hum… Pourquoi pas Cupidon ? lâché-je en prenants dans mes mains la mignonne boule de poils.

Le chaton miaule aussitôt et me lèche le bout du nez. Je le tiens contre moi, tandis que les jumelles lui donnent de la caresse à gogo. Je remercie toutefois Craig d'avoir réussi à en attraper un et lui demande comment il a fait.

– Eh bien, avec Meribeth, alors que l'on repartait de notre rendez-vous d'avec le vieux père Cunningham, on a vu dans la cour de la chapelle ce petit minou.

– Ah, mais c'est vrai, vous aviez rendez-vous avec le prêtre !

Les deux acquiescent d'un même mouvement de tête, mais aucun mot ne sort de leur bouche. Ce qui me surprend surtout de la part de ma cousine qui est d'habitude plutôt éloquente et peu avare de détails.

– Le rendez-vous s'est bien passé ? demandé-je, l'air soudain inquiet.

– Cela aurait pu être mieux, m'informe Meribeth, tandis que Craig me raconte qu'il a perdu un peu pied.

Mais il ajoute aussitôt que ça va mieux et Meribeth en profite pour me dire que le prêtre a accepté que le titre *Icicle* accompagne sa marche nuptiale. J'en suis ravie pour elle.

– Enfin, c'est surtout grâce au nouveau médecin, car c'est lui qui a fait en sorte que le père Cunningham accepte la demande de ta cousine, m'informe Craig.

– Oui, c'est totalement vrai ! s'exclame Meribeth. D'ailleurs, il faut que je te dise que c'est grâce à lui également si tu as un nouvel ami à quatre pattes.

– Il y en avait deux autres, avec deux chats adultes, ajoute Craig, mais on trouvait qu'un seul chaton, c'était bien mieux pour toi, n'est-ce pas ?

– Il est parfait ! dis-je en plongeant mon visage dans son poil si propre. Il est sevré ?

– Oui, le docteur MacFadyen nous l'a assuré, c'est pourquoi il nous a autorisés à le prendre. Et il n'y a pas que ça…

– Quoi d'autre ? m'interloqué-je.

– Eh bien, même si le père Cunningham n'est pas encore au courant, il va recevoir en la demeure du Seigneur, une nouvelle fidèle ! s'exclame Meribeth, d'une voix prompte, soudain si enjouée qu'on dirait que la partie de son cerveau qui détient la parole vient de se remettre de nouveau en marche.

– Oui, enfin, calme-toi, Meri ! Je vous accompagne à la messe, je n'ai pas dit que j'allais prendre le voile non plus ! rétorqué-je avec un large sourire.

– Ouais, eh bien, j'en connais une qui prendrait bien le voile pour lui !

Je ne réponds rien à cela, car je ne saisis pas où ma cousine veut en venir.

– Bébé, je suis amoureuse de toi, alors, ne panique pas avec ce que je vais dire à Énora ! poursuit Meribeth, le visage épanoui.

Devant l'étonnement de Craig, j'écarquille les yeux, fort curieuse de l'annonce que celle-ci compte me faire.

– Il faut absolument que tu voies le nouveau médecin qui travaille au presbytère ! Il est à tomber à la renverse !

– Comment ça, tomber à la renverse ? s'exclame Craig, interloqué.

– Allons, mon amour, je viens de te le dire, ce n'est pas pour moi, mais pour Énora !

Je pouffe de rire. Je ne suis pas près de me faire draguer par un médecin dans une église et *vice versa* !

– Ah, ouais ? Eh bien, on en reparlera ce soir après la messe, parce que, ma p'tite, pérore-t-elle, tu vas littéralement craquer pour lui et je ne donne pas cher de ton âme après ça ! ajoute-t-elle en riant à gorge déployée.

– Tu es vraiment folle, ma cousine ! Heureusement que je t'aime d'amour, sinon il y a belle lurette que j'aurais tout fait pour te faire enfermer !

Elle rit de plus belle avec moi, tout en câlinant mon nouveau petit ami qui ronronne plus encore de plaisir. L'une des jumelles décide de le prendre pour lui donner du lait. Sa sœur la suit et nous finissons tous par nous rendre dans la grande salle à manger pour le déjeuner. Pendant tout ce temps, je me mets à penser aux propos de Meribeth.

– *Un médecin, dans une église ! Il ne manquerait plus que ça !* me dis-je en continuant de sourire.

C'est encore une blague de ma cousine, car je suis certaine que ce nouveau médecin doit être un vieux monsieur, comme ils le sont tous la plupart du temps dans ces édifices. Et j'en suis à peu près certaine, car partout où je me suis rendue dans ma jeunesse, aucun médecin n'avait l'air jeune surtout en travaillant avec des religieux. Cependant, même si je trouvais beau ce médecin, je n'ai qu'en tête le bel écossais avec lequel j'ai dansé quelques pas. Je sens au fond de ma poitrine mon cœur rater un battement rien qu'à y repenser. C'est alors que mon regard croise celui de ma grand-mère, qui arrive à son tour dans le salon en fauteuil roulant, tandis que ma grand-tante la suit avec son déambulateur.

– Dis donc, ma petite-fille ! J'ai eu ouï dire que tu te joignais à nous pour la messe de Noël ! s'esclaffe-t-elle en attrapant ma main.

– Eh oui, mamie ! J'ai perdu un pari, mais j'ai gagné un chaton !

Tous souriants, nous nous installons autour de la grande table aux côtés du reste de ma famille. Le déjeuner se déroule avec une joie certaine, surtout de la part des jumelles et de mes petits cousins qui ont hâte de recevoir leurs cadeaux.

– Seulement à minuit ! s'exclame tante Senga, leur mère.

– Et toi aussi, ce sera à minuit, mon amour ! entends-je Meribeth s'adresser à Craig avec une joie profonde dans la voix.

Je me demande bien ce qu'elle a prévu de lui offrir et je m'aperçois que Craig pense comme moi, vu la mine surprise qu'il fait.

– Cette année, les enfants, les cadeaux que je vous ai réservés seront différents ! s'esclaffe mamie Grace. Enfin, vous verrez bien, surtout toi, mon Énora !

Pendant quelques minutes, je reste silencieuse, me demandant ce que ma grand-mère a prévu pour moi. Le déjeuner se poursuit toutefois, très animé.

– Et après Noël, il y a aussi la fête de charité, ainsi que le bal de bienfaisance, nous informe tante Iona, et maman n'a jamais manqué l'un d'eux ! ajoute-t-elle avec un hochement de tête assuré.

– Ah oui ! Mais où ai-je la tête ? lâche mamie Grace.

– Comme si tu pouvais avoir oublié ! rétorque en riant Sheena. Tu as la mémoire d'une jeune fille !

– À moins qu'Alzheimer ne te guette ! insinue Rhona en s'esclaffant.

– Œil pour œil, dent pour dent, ma Rhona ! s'esclaffe à son tour notre grand-mère.

– Tu seras des nôtres, hein ? m'interroge Meribeth.

– Non, je ne pourrais pas me joindre à vous, déclaré-je, car j'ai une traduction urgente qui m'est tombée dessus. Il me faut la rendre avant le jour de l'An.

– Oh, ce ne sont pas quelques heures qui vont te faire défaut, Énora ! s'écrie ma grand-tante qui compte s'y rendre, bien qu'elle puisse à peine marcher sans son déambulateur.

Mais je sais qu'elle a toujours aimé les bals de ville. Après un chahut général pour que je les y accompagne, je finis par accepter. Le déjeuner se poursuit sur une note plus légère, bien que je trouve qu'un froid semble perdurer entre mon oncle Blair et son épouse.

– Senga, veux-tu bien nous accompagner, ma sœur et moi, aux vêpres de cinq heures ? propose mamie Grace à sa fille aînée.

Ma tante reste silencieuse, retenant son souffle quelques longues secondes, certainement autant surprise que nous tous. Avec un soupir, elle finit néanmoins par acquiescer d'un hochement de tête.

– Bien ! lâche ma grand-mère en fixant sa fille aînée d'un regard bienveillant.

Un petit silence s'installe, avant que les jumelles ne demandent à leur mère de se lever de table pour aller s'occuper de Cupidon. C'est mon oncle Blair qui les y autorise, tandis que les conversations reprennent de plus belle. Mais je me rends compte que tante Senga a les mains qui tremblotent lorsqu'elle porte à sa bouche sa tasse de café.

Un peu plus tard, je laisse Craig et Meribeth ensemble et, accompagnée de mon chaton, je monte dans ma chambre lire mes e-mails. Pendant que ceux-ci se téléchargent, mes yeux fixent mon écran et mes pensées s'égarent. Je sors enfin de celles-ci, mais mon écran s'est mis en veille, car je rêvasse depuis un bon moment. Je referme brusquement mon PC, le délaisse sur mon lit ; puis je fouille dans mon sac afin de me saisir de mon carnet à dessins. Mes doigts brûlent d'une envie particulière. Je ne peux alors m'empêcher de croquer sur une page le visage d'un homme. Une heure plus tard, ma cousine vient toquer à la porte. Je cache immédiatement mon dessin et rouvre mon ordinateur portable comme si j'étais en train de travailler.

– Je peux ? demande Meribeth, en passant une tête à la porte de sa chambre.

– Oui, bien sûr ! dis-je en refermant instantanément mon PC.

– Est-ce que l'on peut parler ? demande-t-elle en s'allongeant sur le lit.

Je l'imite et nous voilà toutes deux parties dans des confessions intimes. Même si je ne lui avoue rien sur mon highlander, je ne cesse d'y penser durant tout notre échange. Mais je l'écoute toutefois d'une oreille attentive. C'est ainsi que je finis par avoir le fin mot sur qui est véritablement Kyle. Je me rends alors compte que son futur mari est loin de s'imaginer ce qu'il va lui arriver à minuit.

Lorsque nous redescendons au salon, nous apprenons que mamie Grace, tante Senga et notre grand-tante Malvina sont toutes trois parties à l'église, comme prévu. Bien que nous nous interrogions toujours sur la teneur de cette demande, tante Iona ne souffle mot. Nous décidons de ne pas l'indisposer plus qu'elle semble l'être et préférons pâtisser avec elle pour le grand dîner de la veille de Noël.

– Si on continue de manger ainsi, je crains de ne pas pouvoir rentrer dans ma robe de demoiselle d'honneur ! dis-je avec un large sourire pour ma tante, qui est un fin cordon-bleu.

– Ne t'inquiète pas, ma chérie, tu as encore de la place, me répond-elle, tandis que Meribeth m'attaque avec de la crème chantilly faite maison.

– Oh ! m'insurgé-je, avant de rire aux éclats.

– Non ! Non, Meribeth ! s'écrie à son tour ma tante, tandis que sa fille lui met de la crème sur la joue.

Et ce qui devait arriver arriva…

9

Duncan

– Mon père ! Mon père ! s'écrie sœur Anna-Maria en passant en courant devant ma cellule.

Je ressors de la pièce en me demandant bien ce qu'elle a à courir ainsi dans le long corridor.

– Que se passe-t-il, ma sœur ? l'interroge aussitôt le père Cunningham sur le pas de sa porte.

Je remarque qu'il semble surpris autant que moi.

– L'église est bondée, mon père, et pourtant, ce n'est pas encore la messe de la Nativité ! l'informe-t-elle le souffle court.

Je vois aussitôt apparaître derrière sœur Anna-Maria, Stanislas qui la suit comme son ombre. Celui-ci acquiesce de plusieurs hochements de tête les dires de la none tandis que le prêtre, d'un air circonspect, laisse échapper de sa vieille bouche un « oh » traînant.

Je leur demande pourquoi autant d'étonnements de leur part. C'est sœur Anna-Maria qui m'informe que la nef était rarement remplie de croyants.

– Vous savez, mon fils, poursuit-elle, la religion occupe moins le cœur des gens que les réseaux sociaux ! Mais aujourd'hui, c'est un miracle, je vous assure ! ajoute-t-elle le visage heureux.

Ma curiosité l'emporte et je décide d'assister aux vêpres du père Cunningham. Je retire ma blouse et me vêts d'un blouson léger. Malgré le chauffage qui est installé dans la chapelle, il y a toujours des courants d'air, par-ci par-là. Même si j'ai tout pour me soigner moi-même, je n'ai pas envie d'attraper froid. En m'installant sur l'un des bancs qui fait front à l'autel, je retrouve les parents du petit Stanislas. Les vitamines que je leur ai données semblent déjà faire leur effet. Ils sont fiers de leur fils et pendant que j'échange avec eux, je balaye du regard la nef. Elle est effectivement remplie de monde. Tout à coup, je déglutis en apercevant Mrs Paterson et ses amies, toujours aussi bruyantes. Je ne sais pas si elles sont venues pour prier ou bien pour une consultation de début de soirée. Dans les deux cas, il faut absolument que je ne croise pas leur route. Ce qui est moins sûr puisqu'elles m'ont déjà remarqué. J'espère qu'elles ne se jetteront pas encore une fois sur moi comme elles l'ont fait hier, dans la rue. Heureusement qu'un couple que j'avais reçu à mon cabinet m'a sauvé de leurs griffes en me tendant leur nouveau-né. Cela a calmé aussitôt ces femmes, lesquelles se sont transformées en guimauve devant le petit Olaf. J'ai alors rendu ce petit bout de chou à ses parents et avant-même que ces sauvageonnes aient pu réagir, j'ai pu m'enfuir d'un pas rapide, pour courir d'une traite jusqu'à la chapelle, ce qui ne m'était plus arrivé depuis que j'ai arrêté de m'entraîner pour la course d'*Ironman*. Cela me fait soudain repenser à mon merveilleux ami, Keith, avec lequel je m'entraînais pour cette compétition mondiale. Il était meilleur que moi. D'ailleurs, il me surpassait en tout. La peine me rattrape aussitôt et mon cœur se serre légèrement. Mais l'une des diablesses se met à rire sans vergogne, ce qui me fait sortir instantanément de ma morosité.

Pendant plus d'une heure, j'écoute les vêpres. Je remarque que certains fidèles connaissent les chants mieux que le prêtre qui manque plus d'une fois de s'endormir lors des prières silencieuses. Ce qui fait pouffer de rire certains enfants assis sur les bancs tandis que leurs parents essayent de les calmer. Moi-même, je manque d'imiter ces jeunes gens. À mon côté, j'ai le plaisir d'avoir deux dames d'un certain âge dont l'une se trouve dans un fauteuil roulant. Celle-ci me sourit longuement et je finis par lui rendre son sourire. Elle est très investie dans chaque chant, qu'elle connaît par cœur. L'autre femme, qui se situe dans son âge, s'est assoupie et cela faire sourire Stanislas lorsque par mégarde il la réveille en sursaut, en passant dans les rangs pour faire la quête. À la fin des vêpres, le père Cunningham précise à tous ses fidèles que sœur Anna-Maria attend au presbytère tous ceux qui le souhaitent pour boire le verre de l'amitié, ajoutant qu'ils ont encore le temps de participer d'une façon ou d'une autre aux événements charitables à venir. Puis, il annonce que je suis le médecin venu soigner les plus démunis. Un *oh* général s'élève en guise d'admiration. J'en suis flatté. Alors que je souhaite discuter avec les dames d'un certain âge qui voisinaient le même banc que moi, de nombreux fidèles arrivent jusqu'à moi pour me serrer la main et me détailler leurs maux. Je les prie de prendre rendez-vous et leur assure de les recevoir au plus tôt. Ils sont si éloquents à vouloir me serrer la main que je décide de traverser la nef pour me rendre sur le parvis. Ici, au moins, je respire mieux et me sens moins étouffé par leur enthousiaste.

C'est alors que je ne m'attends pas à la ferveur de Mrs Paterson et de ses amies ! Elles essayent toutes d'attraper mes mains. Je me demande comment je vais bien pouvoir me débarrasser d'elles…

C'est alors que, sans m'y attendre, l'une des deux vieilles dames qui se trouvaient à mes côtés durant la messe, fait rouler son fauteuil jusqu'à nous et sans véritablement élever la voix, elle s'adresse à Mrs Paterson qu'elle semble bien connaître…

– Bonjour, Morven !

– Ah, bonjour, Grace ! Tu es encore vivante à ce que je vois ! rétorque Mrs Paterson.

Je trouve cette réponse de très mauvais goût, mais mon adorable *Samaritaine* en fauteuil roulant en a sous le pied et ne baisse pas les armes si facilement. Bien au contraire ! Je crois bien que son fusil est chargé à bloc !

– Ce n'est pas parce que tu fais de la chirurgie esthétique que ton âme reflète la jeunesse, ma pauvre !

Sa voix ne chevrote nullement. Elle est ferme, pleine et sans hésitation. Mrs Paterson pince sa bouche dans une grimace et je me retiens de rire avec *ma nouvelle amie* lorsque nos regards se croisent. Cette dernière poursuit sur un ton qui déstabilise Mrs Paterson et ses amies.

– Je ne savais pas que tu venais assister à la messe ! Au confessionnal, oui, au vu de tout ce que tu dois avoir à te faire pardonner chaque jour, comme tes amies d'ailleurs, mais à la messe ? Je dois dire que c'est une première !

– N'as-tu personne d'autre à ennuyer ! rétorque Mrs Paterson, encouragée par ses amies qui piaillent derrière elle.

– Et toi ? Vas-tu laisser tranquille ce pauvre médecin ? Ah ! Je ne t'ai jamais vu aussi collante avec le vieux père Cunningham ! ajoute-t-elle en plissant les yeux. Mais dis donc ! Où est ton pauvre mari ?

C'en est trop pour Mrs Paterson qui, le visage honteux, grommelle entre ses dents et tourne les talons avec sa petite bande. C'est alors que ma libératrice se met à rire à gorge déployée. Elle perd facilement une vingtaine d'années à rire ainsi et je la trouve très belle avec ses rides et ses cheveux tout blancs.

– Merci pour ce dangereux sauvetage ! dis-je en m'inclinant vers elle, en prenant affectueusement ses mains dans les miennes.

– Ah, mon cher monsieur ! Si vous saviez comme cela m'a fait un bien fou de voir Morven restée le bec cloué ! Rien que pour cela, je suis heureuse d'être sortie aujourd'hui ! Mais je suis également très heureuse d'avoir assisté à la messe, ce qui m'a permis de faire votre rencontre, mon cher, ajoute-t-elle rapidement, de peur que je ne me vexe, sans doute.

Ce qui est loin d'être le cas. Notre rencontre me fait du bien. Je me rends compte qu'avec sœur Anna-Maria, ces femmes d'un certain âge me sont d'un grand réconfort. J'ose espérer la revoir ce soir, à la dernière messe du jour. Mais peut-être se trouvera-t-elle trop fatiguée pour revenir… Je n'ai cependant pas le temps d'y réfléchir davantage, car elle ajoute :

– Mais je manque à tous mes devoirs ! Je suis Grace Wallace et j'ai une très grande faveur à vous demander.

Après m'avoir ainsi sauvé, je ne peux lui refuser la moindre demande. Elle a le regard vif et intelligent, et je songe alors qu'il doit être fort plaisant d'échanger longuement avec elle. Ce qui est le cas pendant les minutes qui suivent. Toutefois, je me trouve fort surpris par sa demande.

– Je sais bien que ce n'est pas une heure pour les consultations, j'en suis bien consciente. Mais je vous en prie, docteur MacFadyen, ma fille a un besoin urgent de consulter. Elle ne le sait pas encore et aura certainement du mal à s'ouvrir à vous. Mais pour l'amour de Dieu, accordez-moi mon souhait et je saurai être généreuse avec vous…

Je lui accorde sans arrière-pensée sa requête. Elle me donne le nom de sa fille, et me demande si, en attendant son retour, elle peut patienter avec sa sœur dans la cour *Des dames religieuses*, qui se trouve sur le côté de la chapelle. Je me sens très magnanime auprès d'elle, tant elle dégage de très belles ondes, et je me rends compte également qu'elle connaît bien les lieux. Tandis que sa sœur me parle, elle appelle sa fille d'une voix fort douce.

Senga MacGregor s'approche de sa mère et bien que je ne souhaite pas être indiscret, j'entends ce qu'elle lui dit.

– Ma fille, je souhaite que tu te libères enfin de ta douleur. Je sais que tu n'as jamais souhaité te confesser, mais fais-le avec ce médecin. Pardonne-toi et le Seigneur te pardonnera. C'est le seul cadeau que je souhaite pour la Noël. Va, ma chérie, ajoute-t-elle, sur un ton de grande affection qui surprend énormément sa fille.

– Mais, maman…

– Je t'aime, n'oublie jamais cela, ajoute-t-elle, les larmes aux yeux.

Je me rends compte que la fille a sur le cœur quelque chose qui pèse également sur celui de la mère. Mais je sens une bienveillance dans cette demande.

– Mrs MacGregor, venez avec moi, je vous en prie.

Le regard voilé d'inquiétude, celle-ci me suit néanmoins sans un mot ; tandis que les deux vieilles dames s'éloignent. Devant l'autel nous croisons Stanislas, que sœur Anna-Maria a dû envoyer pour me chercher. Je l'informe aussitôt de la consultation que je compte faire au débotté, puis ajoute que deux dames d'un bel âge se trouvent dans la cour *Des dames religieuses*, attendant le retour de Mrs MacGregor qui se trouve en cet instant avec moi.

– Il se peut qu'elles aient besoin de quelque chose, telle qu'une couverture ou une boisson chaude, lui indiqué-je.

Après tout, il ne fait pas chaud dehors et je ne voudrais pas perdre aussi vite deux de mes plus belles rencontres faites à Inverness, dont la plus âgée a un regard vert qui m'a totalement envoûté.

– Veux-tu voir avec sœur Anna-Maria si elle peut te donner ce qu'il faut et t'en charger tout seul ? ajouté-je.

Stanislas acquiesce et repart d'un pas rapide vers le presbytère. En le regardant s'éloigner, j'ai vaguement l'impression qu'il flotte à dix centimètres du sol, tant je ne vois aucun mouvement de pieds sous sa soutanelle blanche.

Trois minutes plus tard, Mrs MacGregor est installée dans mon cabinet. Nerveusement, elle triture ses doigts entre eux, mais ne dit mot. Je sens qu'il faut que je la rassure.

– Mrs MacGregor, n'ayez aucune crainte. Tout ce qui sera dit ici ne sera jamais divulgué hors de cette pièce. Personne ne vous jugera et certainement pas moi.

Je la vois retenir son souffle, mais également ses larmes. Puis, je la sens soudain prête à se livrer. Elle débute en me parlant de sa jeunesse, de l'amour qu'elle avait mis dans son couple, de la vie qu'elle avait toute tracée dans sa tête. Tout était si bien planifié que lorsque son fiancé l'a trompée, tout s'est effondré. Mais dans la crainte de se retrouver seule, abandonnée, elle avait décidé de lui pardonner, sans jamais en parler à qui que ce fût, pas même à sa mère. Quelques semaines plus tard, ils se mariaient, plus amoureux que jamais. Enfin, c'est ce qu'elle avait cru. Son mari avait eu de nouveau une aventure après la naissance de Paden, leur premier enfant. Un peu en froid avec sa mère, elle s'était alors confiée à sa belle-mère, espérant un soutien de ce côté. Mais celle-ci l'avait rabrouée, lui disant qu'elle n'allait pas tout remettre en cause pour un coup de canif donné dans le contrat[1]. Mrs MacGregor poursuit en m'informant qu'elle avait alors baissé la tête, mais le pardon n'avait jamais pu se faire de son côté. La douleur était trop profonde. Un an plus tard, lors d'une soirée au travail, elle s'était laissé aller dans les bras d'un collègue célibataire. De cette unique nuit était né son second fils, Rory.

– Comme je comprends votre détresse, Mrs MacGregor. Mais vous n'avez pas à vous en vouloir pour autant. Votre mari aurait dû mieux vous aimer et vous respecter. Aimez-vous votre second fils ? osé-je lui demander.

– Oh, que oui, docteur, tout autant que mon aîné !

– Je n'en doute pas un seul instant ! Lorsque l'on est mère, on ne doit pas choisir entre ses enfants.

Elle poursuit en me révélant que Rory ne ressemble à personne de la famille et, aujourd'hui, cela se voit de plus en plus. Son mari ne lui avait jamais fait de remarque sur ce fait, jusqu'à ce que sa propre mère fasse dernièrement un sous-entendu qui l'avait complètement déstabilisée. Blair, son époux lui avait alors demandé des comptes, mais elle ne lui avait rien révélé. Elle était totalement paralysée par la peur de perdre ses fils. Je m'attends à ce qu'elle m'annonce qu'elle va puiser la force qu'elle a en elle pour le faire, mais elle m'apprend que son mari a continué d'être volage.

– Même si elle est majeure, c'est une stagiaire qui travaille avec lui, lâche-t-elle d'une voix rauque et chevrotante.

Je reste silencieux, cherchant les mots pour la soutenir et apaiser son âme si meurtrie. Je ne saurais lui conseiller de se

1. *Donner un coup de canif dans le contrat* : être infidèle à son conjoint ou sa conjointe.

reconstruire auprès d'un psychologue… alors que je trouve que c'est son mari qui devrait consulter ! Ou alors, il devrait divorcer et s'éloigner d'elle, car lorsque l'on fait souffrir sa femme, c'est qu'on ne l'aime pas.

L'amour à sens unique ne fonctionne jamais.

J'éprouve un curieux sentiment à me souvenir de cette phrase. Je l'avais lue pendant un cours de psychologie, durant mes premières années de médecine. Cette transposition dans mon passé me perturbe et fait remonter en moi des sensations d'excitation et de nervosité que j'avais lorsque j'étudiais mes cours, avec une soif d'apprendre plus forte de jour en jour. J'adorais vraiment ça, étudier ! Et puis cela me rappelle que Keith était encore vivant à cette époque…

Je sors de mes réflexions silencieuses en entendant Mrs MacGregor s'éclaircir la voix. Je me dois de réconforter en premier lieu la fille de ma bonne samaritaine. J'aurai bien assez de temps plus tard pour repenser à mon passé.

– Tout d'abord, Mrs MacGregor, je ne saurais trop vous conseiller de parler à votre époux. Si vous souhaitez rester mariés, posez-lui un ultimatum. À notre époque, vous n'avez plus à subir cette souffrance à sens unique. Si une séparation a lieu, surtout, rassurez votre enfant auparavant. S'il apprend que ce n'est pas son père, il risque de se sentir mal-aimé ou de penser qu'il est la cause de tout ceci.

Elle acquiesce à chaque mot que je déverse pour la rassurer. Ce n'est malheureusement pas la première fois que j'ai une telle discussion pendant une consultation. J'ai vécu des moments incroyables dans ma vie de médecin, mais également des moments de vrais drames. Alors si je peux éviter qu'il arrive quelque chose de dramatique dans cette famille, je vais tout faire pour l'éviter.

– Et si jamais vous avez encore besoin de parler, ma porte reste grande ouverte pour vous, peu importe l'heure.

Après encore quelques mots échangés avec elle, je la laisse rejoindre sa mère.

Une fois seul dans mon cabinet, je repense à cet entretien. Je ne pouvais pas seulement me comporter en médecin et me contenter d'écouter sa souffrance. Lui dire que c'était son mari qui était dans l'erreur et qu'elle ne devait pas s'en vouloir l'a déjà rasséréné. Je l'ai vu sur son visage, plus apaisé qu'à son arrivée.

Lorsque je retrouve sœur Anna-Maria, seule dans la cuisine, celle-ci m'annonce que beaucoup de fidèles ont fait des dons pour la fête de charité, mais également qu'ils comptent participer à sa réussite en tenant des stands d'animations. Je la sens heureuse comme pourrait l'être une petite fille. Elle est si gentille avec autrui que j'aimerai lui apporter quelque chose qui pourrait la ravir. En cherchant bien, je finirai bien par trouver quelque chose en ce sens à lui offrir pour Noël…

Alors que nous entamons un nouvel échange, nous sommes interrompus par Stanislas qui fait irruption dans la pièce.

– J'ai encore eu une vision, lâche-t-il d'une voix grave, comme si celle-ci ne provenait pas de sa gorge.

– Laquelle ? l'interrogeons-nous en chœur, malgré la surprise de ce drôle de timbre.

– Vous allez sauver quelqu'un… une femme…, lâche-t-il, les mains jointes, en me fixant d'un regard perçant.

Je reste sans voix tandis que sœur Anna-Maria se signe plusieurs fois de suite en disant :

– Jésus, Marie, Joseph, je savais bien que vous étiez venu jusqu'à nous pour quelque chose de grand !

J'avoue ne pas savoir comment prendre ce qu'elle dit ni déchiffrer les paroles de l'enfant. J'ai déjà sauvé de nombreuses personnes de la mort, en prodiguant des soins, en lavant des plaies béantes, malgré mes mains tremblantes, en apportant des provisions à ceux qui n'avaient plus rien à manger. Pourtant, j'ai le sentiment que là, il s'agit d'autre chose. Je ne me signe pas, mais je croise les doigts en espérant que cet enfant a plutôt avalé trop de vitamines et que cela lui a donné quelques hallucinations !

10

Énora

Le temps s'est écoulé rapidement sans que nous nous en apercevions, et lorsque ma grand-mère et sa petite procession reviennent de l'église, elles nous trouvent dans un état euphorique. La cuisine a souffert de notre bataille de farine et autres poudres de chocolat. Mais nous rions tellement que toutes se mettent à rire avec nous, avant que tante Malvina ne s'empare de la farine pour en jeter une poignée sur sa sœur. La bataille est donc loin d'être terminée et tante Senga prend part à celle-ci, à notre grande surprise. Je remarque que quelque chose a changé en elle. Son regard n'est plus empreint d'une grande tristesse. Je ne sais ce qu'il lui est arrivé, mais je sens que c'est quelque chose de bien. Elle me sourit et m'expédie une cerise confite puisée dans un bol. Celle-ci se colle à mes cheveux et je me fourre sous la table pour éviter d'en recevoir une seconde. Nous crions, nous rions, nous nous amusons comme des folles. Mes deux cousins arrivent alors, portant chacun une paire de patins à glace pendus à leur cou. Derrière eux se trouvent les jumelles qui sautillent sur place. Elles étaient avec leurs frères à la patinoire éphémère du centre-ville et leurs joues sont rougies par le froid. Nous décidons d'arrêter notre petite guerre de tranchées, afin de ne pas montrer le mauvais exemple aux fillettes, mais ma grand-mère annonce que cela n'est que partie remise. Avec un large sourire qui découvre ses dents, elle nous annonce qu'elle compte bien se venger de sa sœur…

Après un passage dans la salle de bains, tout le monde est de nouveau propre sur lui et apprêté pour sortir. La dinde est pratiquement cuite, mais tante Iona a arrêté la cuisson. Il n'est pas question qu'elle soit trop cuite pour le dîner, car l'heure est au rendez-vous de la messe de minuit.

– Pourquoi l'appeler la messe de minuit si elle ne débute pas à minuit ? demandé-je à haute voix, sans m'adresser à quelqu'un en particulier.

– Pour faire parler les bavardes comme toi ! rétorque Meribeth.

– Alors, là, Meri, c'est l'hôpital qui se moque de la charité ! répliqué-je, stupéfaite que ce soit justement elle qui dise ça, alors qu'elle ne peut s'empêcher de parler ! Je te rappelle que tu es connue pour être un vrai moulin à paroles !

Ce qui fait rire aux éclats Malvina, les jumelles et même ma grand-mère !

– En tout cas, je suis certaine que cette messe sera une réussite, puisque tu y seras ma petite-fille ! Et puis, il se peut que tu y fasses une rencontre…, lâche-t-elle comme une évidence.

– Mais qu'est-ce que vous avez toutes à vouloir me caser à tout prix avant Noël ! m'exclamé-je en écarquillant le regard comme si cela pouvait m'aider à obtenir une réponse.

– Eh bien, lorsque tu verras le nouveau médecin, tu comprendras, mon Énora… C'est vraiment quelqu'un de bien, lâche grand-mère Grace avec un sourire.

– Oui, maman, tu as raison. C'est vraiment une bonne personne, ajoute tante Senga en prenant la main de sa sœur pour la serrer affectueusement dans la sienne.

Ce qui fait élargir le sourire de mamie Grace. Je sens que de ce réveillon, je vais entendre parler pendant quelques années…

Nous continuons à échanger sur le sujet lorsque quelqu'un sonne à la porte d'entrée.

– J'y vais ! s'exclame Rory, tandis que tante Iona se demande qui peut bien venir chez elle à cette heure-ci ?

– Surprise ! s'exclament mes parents, en faisant irruption dans le salon où nous nous trouvons presque tous.

– Maman ! Papa ! m'écrié-je, la gorge serrée par la joie qui m'envahit en cet instant. Vous êtes là, je ne rêve pas ! continué-je les larmes aux yeux, me laissant étreindre par leurs tendres bras.

Je suis tellement contente de les voir. Plus que d'habitude, je ne sais pas pourquoi. Mamie Grace aussi est bouleversée et personne ne s'attend à la voir verser une larme, en serrant contre elle son fils bien-aimé.

– Ça va, mamie ? demandé-je inquiète.

– Oui, maintenant, ça va, dit-elle d'une voix fragile. Je peux mourir presque en paix, ajoute-t-elle.

Les mots *mamie* et *maman* sont lâchés et fusent parmi mes cousines, mes tantes, papa et moi-même.

– J'ai dit presque ! réplique mamie Grace, avec un large sourire communicatif.

Mes parents, bien que fatigués par le décalage horaire, décident de nous accompagner à l'église.

– Nous aurons bien le temps de nous reposer demain ! déclare maman, toujours aussi prévenante.

Je prends toutefois le temps de leur présenter mon nouveau petit ami à poils avant de l'enfermer dans la chambre, avec un bol d'eau fraîche et une petite gamelle de croquettes, sans oublier sa litière que mon oncle Hamish est allé acheter durant notre escapade pour nos essayages.

Nous voilà donc prendre tous ensemble et à pied, le chemin de la chapelle. Je me sens un peu nerveuse, sans savoir véritablement pourquoi. L'ambiance est à la fête et les rues sont animées par des chanteurs, des joueurs de violons, des vendeurs de marrons chauds et de *food-truck* qui proposent des boissons chaudes. Mamie Grace nous annonce qu'elle boirait bien un vin chaud en sortant de la messe.

– Hum… Moi je m'en boirais bien un maintenant ! s'exclame sa sœur, les yeux pétillants.

Je sais que ma grand-tante Malvina aime boire, même si elle ne tient absolument pas l'alcool. Un verre et hop ! elle s'endort encore plus rapidement que d'habitude. Ce qui en soi est un exploit, du fait qu'elle reste très peu éveillée sans en ingurgiter une seule goutte ! Elle accepte néanmoins d'attendre la fin de la messe pour trinquer avec sa sœur…

Tout à coup, les fillettes réclament une sucette, que tante Senga leur accorde aussitôt.

– Eh bien ! Pour du changement, c'est du changement ! se surprend à dire tante Iona, tandis que sa sœur règle les friandises des jumelles.

Il faut dire que tante Senga déteste depuis toujours voir ses filles ingurgiter des sucreries, avant les repas. Pour le coup, il y a de quoi être surprise.

– Ta sœur ira mieux maintenant, mais elle va encore avoir besoin de nous, lui dit mamie Grace en tapotant légèrement la main de sa cadette. Toi aussi, je t'aime…

Surprise d'entendre des paroles si tendres de sa part, tante Iona se retient de pleurer. Elle se penche pour embrasser le front de sa mère, qui l'étreint depuis son fauteuil roulant.

Je regarde Meribeth et on se dit clairement que la soirée commence bien.

– La nuit risque d'être bien longue ! ajouté-je, en souriant.

Même Craig semble plus serein ce soir. Pendant que tout le monde est dispersé sur le trottoir, j'en profite pour l'interroger sur ce qu'il s'est réellement passé à l'église. Il me répond tout simplement qu'il fait confiance à Meribeth, puisqu'elle lui a juré qu'il n'y avait rien avec ce Kyle. Connaissant la teneur des rencontres secrètes entre ce dernier et Meribeth, j'encourage plus encore Craig à aimer toujours autant ma cousine adorée.

Une bonne vingtaine de minutes plus tard, nous finissons par arriver sur le parvis. Celui est noir de monde et la chapelle me semble soudain trop petite pour recevoir tant de fidèles.

– Je ne pensais pas qu'il y avait autant de croyants à Inverness ! lâché-je en l'air.

– Oh, ça ma petite-fille, je t'assure qu'il n'y a pas que des fidèles sur ce parvis ! Quand tu verras le médecin qui réside à l'église, tu comprendras pourquoi toutes ces femmes y accourent !

Je ne relève pas les paroles de ma grand-mère, qui font écho à ceux de ma cousine narrés plus tôt dans la journée. Après tout, la beauté est une chose relative à chacun de nous et si elles deux trouvent ce médecin à leur goût, eh bien, tant mieux pour elles !

Nous pénétrons dans le saint lieu, en une sorte de petite file indienne. Après avoir touché l'eau bénite et s'être signée, mamie Grace me demande de passer par l'allée centrale, afin de ne pas rester coincée avec son fauteuil roulant, que je pousse lentement. Mamie insiste pour que nous nous installions au premier rang. J'accepte, bien que je ne me sente pas très à l'aise aussi près de l'autel où se trouvera le prêtre. J'espère qu'il ne me reconnaîtra pas, depuis que je me suis sauvée de son confessionnal. J'espère également qu'il ne nous demandera pas de venir jusqu'à lui ou un truc de ce genre. Je songe soudain qu'il me faudra également ne pas oublier de remercier le docteur MacFadyen de m'avoir donné un chaton par le biais de mes cousins. Je décide de ne le faire que lorsque nous repartirons d'ici, si tant est qu'il soit dans les parages…

Je distingue soudain maman et papa qui me font signe d'une main, en s'asseyant sur le même banc que nous. Mais d'autres fidèles déjà installés nous séparent. Ce qui n'empêche pas mes parents de prendre place juste devant l'autel, devenant les premiers assistants de l'office. Cette proximité spirituelle, plus que nous ne le sommes en cet instant, mamie Grace et moi, me rappelle sans mal que maman est certainement la plus chrétienne de toute notre belle et grande famille. C'est son côté breton et l'éducation catholique qui lui a été dispensée dans sa jeunesse, à l'école des religieuses. Maminette y avait fait aussi bref un passage dans son enfance, mais maman l'avait suivie plus longuement avant d'épouser papa. Au souvenir de Maminette, je ne peux m'empêcher de prendre dans ma main gauche la croix qui se trouve toujours suspendue à mon cou.

Comme j'aurai aimé qu'elle me voie ici ce soir…

Entendant soudain de nombreux chuchotements émanant de voix féminines, juste deux rangs sur ma droite, je sors instantanément de ma morose réflexion silencieuse. Toutefois, je décide de ne pas prêter attention à ce brouhaha, fixant toujours droit devant moi la statue du Christ, que je trouve très belle et imposante. Je m'imagine déjà en train de la croquer dans mon cahier à dessins. Puis le prêtre traverse la nef et gravit avec beaucoup de mal les trois marches qui le mènent à l'autel. Il s'y arrête juste devant, dos à nous, puis pose ses bras dessus et embrasse le marbre dans lequel celui-ci a été taillé.

C'est mamie qui me décrit la scène, car je ne connais pas les coutumes d'une messe.

– C'est un geste de vénération et il exprime ainsi son adhésion au mystère de Dieu, complète-t-elle.

J'ai l'impression d'assister à un reportage sur Jésus…

Des voix, bien peu discrètes, s'élèvent de nouveau derrière moi. Je détourne la tête de l'autel pour regarder ces femmes qui osent chuchoter, riant trop fortement selon moi, et même au goût de certains fidèles venus écouter la messe de Noël dans un silence religieux. Je détaille alors plusieurs vieilles bourgeoises au maquillage épais qui, sans aucune gêne, continuent de papoter tout en s'agitant sur leur banc. Je trouve cela assez déplacé même si je ne crois pas en Dieu. Soudain elles interrompent leurs bavardages et un oh admiratif s'élève de leur groupe, tandis qu'elles fixent toutes en chœur l'autel. Je détourne la tête de leur groupe afin de regarder ce qui les fait tant réagir.

Mes yeux, comme s'ils avaient subitement une vie à part, s'écarquillent autant que cela me soit vitalement possible sans mourir sur place. Abasourdie par ce que je vois, je me demande aussitôt si ma vue ne me joue pas des tours.

– Non, c'est impossible ! murmuré-je pour moi-même, en sentant mon postérieur se décoller légèrement du banc.

– Qu'est-ce qui est impossible, ma petite-fille ? me demande mamie Grace, assise à ma droite et bien qu'elle ait quelques années au compteur, entend toujours aussi bien que dans sa jeunesse.

– C'est lui…

– Lui ? Qui ça lui ?

– Ton vœu, mamie !

– Oh, ben ça alors ! s'esclaffe-t-elle en posant sa main sur sa bouche, comme le ferait une petite fille prise en flagrant délit.

– Ce n'est pas drôle, mamie ! m'écrié-je, les dents serrées, afin que personne d'autre ne m'entende.

– Si, c'est drôle ! Mais je t'accorde que cela est également ennuyeux.

– Drôle ? Ennuyeux ? Mais de quelle planète viens-tu, mamie ! poursuis-je, toujours à voix basse.

– Allons, accepte ce que la vie t'apporte et profite de ta première messe !

– Et certainement la dernière ! ajouté-je, tandis que quelques fidèles marmonnent un *chut !* à notre encontre.

Je me tais aussitôt, indisposée de me trouver là en présence de cet homme qui est soi-disant un médecin, mais se trouve tout près du prêtre en cet instant. Je constate qu'il secoue légèrement ce dernier qui se relève brusquement. J'ai la nette impression que le vieil homme s'est endormi sur l'autel. Un fou rire s'élève au cœur de la nef presque comme une vague avant de s'interrompre aussitôt. Pendant ce temps, j'essaye de me remettre de mes émotions. Je me mets à épier mon highlander surtout sa main gauche, puis sa main droite.

Pas d'alliance.

Est-ce que c'est seulement un médecin ou bien est-il investi de quelques missions religieuses ?

Il pourrait même être protestant ou bien pasteur !

D'ailleurs, les pasteurs ne se marient-ils pas ?

Mon esprit s'égare plus encore qu'il ne l'est déjà en revoyant mon bel inconnu.

Tandis que le prêtre reprend le cours de sa messe, mon regard reste fixé sur cet homme qui me donne des frissons agréables dans tout le corps. Il se détourne de l'autel pour repartir rejoindre une none qui patiente sur le côté. C'est alors qu'il interrompt brusquement ses pas en remarquant ma présence. Ces yeux se rivent aux miens et j'ai l'impression d'entendre un chant céleste s'élever dans ma tête. Je me sens légère et j'ai même l'impression de flotter sur le banc, bien que j'y aie reposé mon fessier, mon effarement passé. Mon cœur bat la chamade comme jamais. Je sens que je m'empourpre totalement et mamie Grace ne se cache pas de sourire allègrement, d'une joie si grande et d'une satisfaction si exubérante que cela m'indispose plus encore. Le chant qui résonne dans ma tête m'inquiète tout de même un peu.

– *Ressaisis-toi*, me fustigé-je. *Ce n'est que ton cœur qui est chamboulé*, poursuis-je en silence, avant de me rendre compte que ce que nous entendons est la voix d'un jeune garçon qui arrive, portant un cierge qui ne sera allumé que plus tard, comme me l'enseigne mamie Grace.

Le reportage catholique est loin d'être fini…

La voix cristalline de l'enfant de chœur continue de résonner contre les pierres de taille de l'édifice, et cela rend l'assistance totalement silencieuse. Même la bande de vieilles pies, si bruyantes quelques minutes plus tôt, fait silence. Cependant, mon pouls bat si fort que j'ai l'impression que tout mon sang pourrait se sauver de mon corps en un claquement de doigts. Le jeune garçon termine son chant et le prêtre prend la parole pour saluer notre assemblée, avant de poursuivre avec une première prière.

– Au nom du Père, du Fils et du Saint-Esprit.

– Amen, répond en chœur avec ferveur la foule amassée.

Je ne sais pourquoi, le nom de ce médecin me revient subitement en tête.

– *MacFadyen*…

Cela me fait bizarre de le chuchoter pour moi-même. Pendant que la messe se poursuit, je le vois jeter de nombreux regards vers moi.

– C'est à toi ou à moi qu'il sourit ? m'interroge mamie Grace, dans un murmure me donnant matière à me ressaisir.

– Euh…

– Non, ne cherche pas, c'est bien à moi qu'il sourit ! me confirme-t-elle avant d'ajouter : À moins qu'il ne louche et que ce sourire ne te soit véritablement destiné !

Je me retiens de rire à la remarque saugrenue de mamie. Elle a toujours le verbe tranchant ou plaisantin. Cependant, j'espère bien qu'elle a tort et qu'il ne louche pas. Non, je suis certaine que non. J'ai souvenir que lorsqu'il a plongé son regard dans le mien, durant le bref instant que nous avons partagé sur la piste de danse, il ne louchait nullement. Mon reflet dans son regard hypnotique m'a d'ailleurs fait me rendre compte à quel point j'étais seule et à quel point il manquait cruellement un homme tel que lui dans ma vie.

Mon téléphone émet un petit *ding* et je me rends compte que je ne l'avais pas éteint. Pendant que je me hâte de fouiller dans mon sac à main afin de le mettre en position silencieux, je sens des regards jetés sur moi. Je n'ose pas regarder dans la direction du médecin ni du prêtre d'ailleurs ! Heureusement pour moi, ce dernier poursuit sans s'interrompre. Un chant, une prière, un psaume, puis de nouveau un autre chant. J'ai l'impression que cette messe ne prendra jamais fin. Néanmoins, je prends mon mal en patience et en profite pour admirer plus encore mon beau highlander…

Il est immense, bien que je m'en sois déjà rendu compte sur la piste de danse. Son corps est imposant et le souvenir de ses bras qui m'ont encerclée quelques minutes suffit à me donner des papillons dans le ventre. Je remarque, sous l'éclairage discret de la chapelle, que ses cheveux sont d'un beau brun brillant et sa bouche, bien dessinée pour un homme, est fort attirante.

– *Que ce doit être plaisant d'être embrassée par celles-ci…*

Je me rends compte de mes pensées légères et je crains soudain pour ma vie si Dieu existe vraiment. Néanmoins, comme je ne suis pas foudroyée sur place, je me laisse donc aller à rêver les yeux ouverts. Mais je suis encore distraite par les membres de ma famille lorsque ma tante Senga s'approche de nous, murmurant à mamie Grace que les jumelles n'en peuvent plus et réclament déjà à manger. Je regarde l'heure et m'aperçois qu'effectivement minuit approche. Pourtant, j'ai l'impression que cela fait à peine une demi-heure que j'assiste à ma première messe. Ma tante s'apprête donc à quitter les lieux avec ses deux fils et son mari, qui semble de plus en plus mal à l'aise chaque fois que je le revois. Je sens que des explications vont avoir lieu dans le couple, surtout lorsque je surprends mamie Grace glisser à l'oreille de sa fille :

– N'aie pas peur, je serai toujours là pour vous…

Leur petite conversation a dérangé brièvement la messe et des curieux, les sourcils froncés, ne peuvent s'empêcher de nous observer avec insistance. C'est également le cas du docteur MacFadyen. J'espère juste qu'il n'est pas en train de mal nous juger, en raison du dérangement que nous venons de faire dans l'église. Je me rends compte que non, ce qui me rassure quelque peu. Mes pensées s'affolent dans ma tête sans que je puisse les arrêter. Certes, le revoir ici me trouble profondément et je me demande quel médecin aussi jeune irait s'enfermer dans une église ? Que dois-je en déduire ? Qu'il est également un homme de Dieu ?

C'est alors que j'obtiens ma réponse, lorsque le prêtre semble soudain indisposé et lui fait signe de venir jusqu'à lui. Il lui murmure quelques mots à l'oreille avant de s'enfuir d'un pas maladif par une petite porte dérobée située sur le côté gauche de la chapelle. Mon highlander nous fait soudain front s'installant devant le pupitre. Je songe alors que je ne suis pas près de sortir avec cet homme. Déçue, je continue néanmoins de l'admirer. Il est magnifique et s'il n'y avait ce pupitre religieux entre nous, eh bien, je n'hésiterais sans doute pas à aller à sa rencontre. Mais là, c'est devenu impossible. Soudain, le cœur serré, j'ai presque envie de pleurer.

– Le père Cunningham me prie de poursuivre la messe. Mais je vous rassure, il ne s'est absenté que quelques minutes, narre-t-il lentement.

La voix de ce dernier s'élève dans la chapelle et tandis qu'il loue le Seigneur en récitant un extrait de La Bible, des frissons continuent de s'emparer totalement de mon corps. Sa voix est si rauque qu'elle emplit ma gorge et résonne dans toute mon âme.

Je me sens totalement troublée, complètement étourdie. Je regrette de n'avoir pas bu un verre de vin sucré, comme tante Malvina voulait le faire avant la messe. Je sens soudain mon pouls ralentir, tant que je manque de défaillir sur place…

11

Duncan

Je ne sais si je dois interrompre la messe, mais j'ai l'impression que celle qui occupe pratiquement toutes mes pensées en cet instant va tourner de l'œil. Mais le père Cunningham a déjà interrompu celle-ci, en se rendant urgemment aux toilettes. Je ne peux pas en faire de même de nouveau.

– Stanislas, l'interpellé-je tout bas, pendant que presque tous les fidèles se signent.

Celui-ci s'approche de moi, toujours dans un flottement auquel je ne me ferai jamais.

– Peux-tu demander discrètement à sœur Anna-Maria un verre d'eau sucré pour la jeune femme, là-bas, celle à la chevelure rousse. J'ai l'impression qu'elle ne se sent pas très bien.

– Elle est si blanche que l'on dirait une morte, lâche-t-il d'un ton détaché.

Je suis d'accord avec lui. Je le prie de faire vite en coupant court à notre petit échange pour reprendre rapidement le cérémonial de la Nativité, tandis qu'il repart comme il est venu, en flottant...

Je suis content de voir que ma requête est exécutée très rapidement par sœur Anna-Maria, dotée inlassablement d'une bienveillance sans pareille. De loin, je distingue Mrs Grace Wallace me remercier d'un signe de tête pour mon attention envers la jeune femme assise près d'elle. C'est à cet instant précis que je me rends compte qu'elles sont peut-être ensemble, car la vieille dame prend affectueusement la main de la belle jeune femme. Je remercie en silence la Providence qui me permet de la voir encore une fois. Cette dernière occupe tant mes pensées !

Je me sens un peu perdu dans la mise en scène de la Nativité. Je me demande bien où est passé le père Cunningham. Heureusement que Stanislas est là et semble suivre avec beaucoup d'attention le déroulement de la célébration. Je constate qu'il porte le santon de l'enfant Jésus, suivi de quelques fidèles qui ont sans nul doute œuvré à l'installation de la crèche dans l'aile des parloirs. La petite procession progresse d'un pas généreux vers ce lieu, accompagnée de chants liturgiques. J'en profite pendant que tous ont le regard sur ce petit défilé de faire signe à sœur Anna-Maria. Elle arrive très lentement pour ne pas attirer l'attention sur elle.

– Où est le père Cunningham ? me demande-t-elle avant même que je ne lui pose la question moi aussi.

– Il s'est rendu aux toilettes, mais je crains qu'il ne se soit encore endormi… Enfin, vous m'avez compris, laissé-je entendre avec une petite grimace.

– Bien, continuez ainsi, je vais de ce pas le chercher…

Et elle disparaît de ma vue si rapidement que je n'ai pas le temps de savoir ce que je dois faire.

Je constate que Stanislas n'est pas du tout perturbé par l'absence du prêtre. Il dépose la représentation du Christ dans son berceau de paille avant de revenir vers moi.

– Il vous faut encenser la nef, murmure-t-il avant de me remettre entre les mains, l'encensoir suspendu par des chaînettes.

– Secouez-le, chuchote-t-il.

Je m'exécute en me rendant compte que les chaînettes couinent drôlement fort. Puis, je constate que l'encens se consume bizarrement. Je crains que les détecteurs de fumée ne se mettent tous en marche, tant je n'y vois plus très clairement devant l'autel.

– Stanislas ! Stanislas ! susurré-je en le cherchant dans l'épaisse fumée blanchâtre.

– Je suis là ! s'exclame-t-il, me faisant sursauter.

Je me rends compte qu'il était tout près de moi. Je lui remets l'encensoir, en lui demandant de s'assurer qu'il soit bien éteint avant de le déposer sur le petit meuble situé dans le fond de la chapelle, juste derrière moi. L'enfant repart donc dans un flottement dont je ferais mieux de m'habituer. Il est entouré d'une petite brume qui lui donne un air angélique. L'heure tourne et je sens que la messe ne se déroule plus vraiment comme elle le devrait. Je ne suis pas quelqu'un qui a l'habitude de prier, mais là, j'aimerais bien, si quelqu'un m'entend là-haut, qu'il fasse en sorte que le père Cunningham réapparaisse rapidement, sinon je crains de tourner en ridicule cette célébration religieuse.

Sœur Anna-Maria réapparaît toute seule et je ne sais que penser. Elle secoue la tête de gauche à droite et je comprends qu'elle n'a pas mis la main sur notre cher vieux prêtre.

Je ne peux pas continuer ainsi. Il me faut prévenir tous ces gens qu'il faut que j'interrompe la messe pour retrouver le père Cunningham. Il se pourrait même qu'il ait fait une attaque et que personne ne se trouve avec lui…

Je me sens tellement mal à cette pensée que j'en ai mal au ventre. Je décide d'arrêter cette mascarade tandis que Stanislas est déjà en train de verser à mon intention de l'eau dans un large bol, déposé délicatement sur l'autel. Je souffle soudain en voyant le père Cunningham réapparaître comme si de rien n'était. D'un pas peu assuré, il allume le grand cierge avant de poursuivre l'eucharistie. Je m'éloigne discrètement de devant l'autel et retrouve sœur Anna-Maria sur le côté qui me félicite d'avoir pris au pied levé un tel événement. Si je n'étais pas aussi gêné, j'en rirais à gorge déployée.

Pendant que le prêtre se lave cérémonieusement les mains en vue de poursuivre la messe, je fixe du regard celle qui a toute mon attention. Soudain, deux chats font irruption dans la chapelle. Je constate avec effrois que le père Cunningham a oublié de refermer la petite porte dérobée par où il est passé en revenant ici. Loin d'être apeurés, les deux félins sautent sur l'autel et se mettent à laper le vin. Le calice en argent ne résiste pas à tant de considération.

Sa chute est proche…

Il bascule avant de tomber bruyamment sur le sol en pierre déversant au passage, tout son contenu. La résonnance du métal sur la pierre continue longuement de s'élever dans l'édifice. Ce qui n'effraye aucunement les deux gros matous qui continuent de laper le sang du Christ… C'est alors que les deux chatons arrivent en renfort de leurs parents. Ils montent à leur tour sur l'autel avec grâce et facilité. Je vois alors les hosties voler dans les airs avant d'atterrir au côté du calice renversé. Les quatre mistigris se jettent dessus tandis que sœur Anna-Maria s'écrie :

– Non ! Pas le corps du Christ ! Pas le corps du Christ !

Si ce n'était pas aussi important pour elle et pour tout ce monde, je crois que j'exploserai de rire. Je me contiens toutefois en ne pouvant m'empêcher de regarder vers ma belle rousse. Je la vois à son tour, retenir un fou rire tandis que Grace Wallace ne se gêne nullement pour rire sans scrupule. D'ailleurs, de nombreux enfants assistant à la scène laissent leurs rires envahir les lieux. C'est alors que Stanislas, qui se tenait pourtant juste là, à mes côtés, arrive par l'autre petite porte dérobée située à l'opposé de celle utilisée par le père Cunningham. Il glisse sur le sol comme s'il était sur un tapis volant. Avec rapidité, il ramasse le calice, puis la coupe contenant les hosties. Sans un mot, il repose le tout sur l'autel. Je le vois sortir ensuite de sa poche, une poignée de croquettes avec lesquelles il attire les chats vers la petite porte dérobée. Il nous en débarrasse si rapidement que j'en reste coi.

Je sens que la messe va prendre fin plus tôt que prévu.

Enfin, je l'espère, car ne sait-on jamais ce qu'il pourrait encore se passer si le père Cunningham disparaissait de nouveau ou bien si les chats revenaient pour finir de dévorer les hosties…

Je suis soulagé d'entendre le père Cunningham, un peu déboussolé sans doute par sa sieste et par cette petite interruption animale, annoncer qu'il n'y aura pas la consécration de l'eucharistie. Je ne suis pas le seul à m'en étonner. Les chats ont fait une jolie pagaille dans les hosties devenues impropres à la consommation.

Il remercie tous ses fidèles d'être venus aussi nombreux ce soir et leur rappelle la fête de charité et le bal de bienfaisance qui auront lieu le 26 décembre. Pendant qu'il fait cette annonce, je ne peux m'empêcher de fixer des yeux celle qui me fait lutter et batailler chacune de mes pensées. J'ai dans l'espoir de pouvoir la retrouver au bal. Le prêtre nous invite tous à repartir en paix tout en souhaitant à tout un chacun, un bon réveillon de Noël.

Je me sens enfin libre et pendant que tous retraversent la nef, je préfère sortir des lieux en passant par le parloir. Mrs Paterson et ses amies me guettent depuis un petit moment et je ne tiens pas à ce qu'elles me tombent encore une fois dessus…

Je retrouve dehors les chats et leurs chatons, installés sur les pierres tombales comme ils ont tant l'habitude de le faire. Je constate que l'un des adultes a régurgité son vin. Cela me donne un sourire et comme personne n'est là pour le voir, je ne m'en cache pas.

– Bande de coquins ! leur dis-je en m'approchant d'eux.

Les plus jeunes viennent à moi pour me réclamer quelques caresses tandis que les deux autres restent allongés où ils sont. Ils cuvent sans doute leur vin !

Une fois sur le parvis, les fidèles remercient le père Cunningham, mais à ma grande surprise, ils viennent à moi pour en faire autant.

Je serre de nombreuses mains et échange de nombreuses paroles avec chacune de ces personnes. Mais j'avoue que j'ai hâte d'échanger avec Grace Wallace, car la jeune femme qui occupe la plupart de mes pensées se trouve à ses côtés et pousse même son fauteuil roulant. Je songe alors qu'il s'agit peut-être d'une aide à la personne, tandis qu'une nouvelle fidèle s'approche de moi. Elle me tend une main gracile que je serre avec respect.

– Docteur, je suis Elisabeth Wallace et je voulais vous dire que cette messe était la plus intéressante que j'aie suivie depuis fort longtemps. Oui, fort longtemps !

– J'en suis fort ravi, réponds-je à cette femme qui porte le même nom que ma bienfaitrice. Mais ce n'est pas dans mes habitudes de dire la messe, vous vous en êtes certainement rendu compte.

– Oui, certes ! c'était une messe surprenante et vous vous en êtes plutôt bien sorti !

Elle poursuit avec un très joli sourire et je l'apprécie plus encore.

– Je vous présente mon mari, Lachlan Wallace, le fils de Mrs Wallace que vous connaissez déjà, m'informe-t-elle avec un petit sourire mutin, tout en me montrant d'un signe de tête la vieille dame au fauteuil roulant.

Je me rends compte que le mari de celle-ci a le même regard vert que sa mère. Aussi vif et intelligent. Il me donne une poignée de main franche, et me remet deux enveloppes.

– Celle-ci émane de ma mère et celle-là de mon épouse et moi-même. Ce sont les étrennes de Noël pour l'orphelinat et pour tous ceux qui sont dans le besoin.

Je suis touché par leur grande charité.

– Et si, docteur, vous avez besoin de quoi que ce soit pour les pauvres ou les plus démunis, passez le message à ma mère et vous recevrez toute l'aide qu'il vous faut, chuchote-t-il afin de ne pas se montrer obséquieux.

Touché de cette nouvelle attention, je le remercie du fond du cœur pour eux. Je reste dans une certaine euphorie de cette rencontre plaisante, lorsque je sens soudain quelqu'un tapoter mon épaule. Je me détourne de mon bienfaiteur… avant de perdre instantanément le bénéfice du plaisir que m'a occasionné cet échange.

– Docteur ! Docteur ! Mais quelle messe ! Quelle messe, n'est-ce pas les filles ? s'exclame Mrs Paterson, très théâtralement.

Je grimace légèrement en songeant que je me dois toutefois de faire preuve de charité en ne les repoussant pas. Après tout, c'est Noël, et l'heure est à l'écoute et aux bonnes œuvres. Comme nous l'a fait savoir sœur Anna-Maria, toutes ces femmes ont fortement œuvré en ce sens. Je les écoute parler presque toutes en même temps. Je finis par comprendre que l'une d'elles m'invite à venir chez elle boire un café, tandis qu'une autre m'offre un déjeuner, et une troisième un dîner. Elles tournent en boucle pour savoir laquelle aura mes faveurs et mon attention. L'une d'elles, se proposant de me tricoter une paire de gants, s'empare de mes mains pour en vérifier la pointure.

– Oh, que vous avez de belles mains… et fortes, mon cher docteur ! lâche-t-elle en papillonnant des yeux et en me caressant sensuellement les doigts.

Cela ne me procure aucune sensation plaisante ! Elles sont toutes proches de moi, me touchent les mains, les bras. L'une d'elles, sans gêne, glisse même une main sur mon postérieur, et je crains de nouveau pour ma survie. J'opère une escapade vers la mère de M. Wallace que je vois tenter de diriger son fauteuil roulant vers moi, tandis que la jeune femme rousse censée pousser celui-ci cherche vainement à reculer. Mais peu importe si elle cherche à fuir. Je suis moi-même dans la même situation qu'elle. Je me sens pris en otage.

Les abeilles s'accrochent au miel !

Je ne peux même pas élever la voix : ni Mrs Paterson ni les autres ladies ne m'écoutent. Je n'ai plus qu'à patienter jusqu'à ce qu'elles se lassent.

Mais en vain ! C'est de la mélasse gluante…

Alors que je ne m'y attends nullement, c'est encore une fois Grace Wallace qui vient à ma rescousse.

– Eh bien, Morven ! Tu étais déjà fort connue pour tes relations extraconjugales avec de jeunes hommes, mais là, j'avoue que tes péchés dépassent tout entendement ! Le postérieur du docteur MacFadyen… Ne sais-tu donc pas à ton vieil âge que c'est un sacrilège et que tu n'en as pas le droit ? précise-t-elle, le regard perçant et le verbe tranchant. Seigneur ! Dire qu'il pourrait être ton petit-fils, lâche-t-elle d'une voix audible, un pli de dégoût sur la bouche.

Il n'en faut pas plus à Mrs Paterson pour se calmer, d'autant qu'autour de nous les gens la regardent de l'œil qui juge. Je me sens quelque peu indisposé, moi aussi, mais par rapport à quelqu'un d'autre, celle dont les prunelles vertes me fixent à m'en traverser l'âme…

– Nous nous reverrons au bal, docteur ! déclare *l'accusée* avant de disparaître de ma vue avec *ses gardes du corps…*

– Docteur MacFadyen, puis-je vous présenter ma petite-fille, Énora Wallace ?

Je reste une ou deux secondes coi avant de répondre, tant la joie étreint mon cœur.

– Miss Wallace, je suis bien heureux de faire votre rencontre, lui dis-je en tendant mes mains vers elle.

Le visage un peu défait, elle hésite à s'en saisir.

– Allons, ma petite-fille ! Il ne va pas te manger ! déclare sa grand-mère avec un regard d'encouragement. Elle ne croit pas en Dieu ni en grand-chose, me murmure-t-elle, bien que sa petite-fille, à moins d'être sourde, l'entende parfaitement.

– Docteur, finit par prononcer celle-ci, en me tendant une main.

Je m'en empare délicatement et j'ai l'impression que mon corps se tend avec violence à leur contact. Miss Wallace s'empourpre totalement et retire promptement sa main de la mienne. Je décide de ne pas la brusquer ni de la faire fuir, bien que je la sente à la limite de vouloir disparaître de ma vue.

– Et pour Cupidon ? poursuit Mrs Wallace, toujours d'une voix encourageante, mais avec une pointe de remontrance.

– Euh… Oui, je voulais vous remercier pour le chaton, ajoute-t-elle d'une voix chevrotante.

Je me rends compte que la demande de Miss Graham était donc pour elle, *sa cousine.* Je me sens soudain heureux de lui avoir fait ce plaisir, même si elle n'en a aucune idée.

– Il est sevré, vous ne devriez donc pas être ennuyée avec les biberons, dis-je, car je ne sais pas vraiment quoi lui dire d'autre devant sa grand-mère.

– Oui, il apprécie énormément les croquettes que vous m'avez offertes et le petit jouet également, ajoute-t-elle avec un petit sourire.

Je la sens soudain un peu plus détendue et cela me pousse à continuer d'échanger avec elle.

– J'ai aussi prénommé Cupidon l'un des deux chats adultes qui sont venus perturber la messe.

Surprise d'avoir un point commun avec moi, elle me sourit plus encore. Je tombe pleinement sous son charme, tant que j'en oublie complètement sa grand-mère…

12

Énora

– Serez-vous des nôtres à la fête de charité ? me demande-t-il, tandis que je me noie dans son regard mordoré qui a pris une brillance particulière.

– Bien sûr qu'elle y sera ! s'exclame mamie Grace à ma place. Et même au bal ! ajoute-t-elle tandis que je m'empourpre plus que je ne le suis déjà.

Je suis toutefois ravie de voir que l'homme qui me fait face rougit également.

– Alors, je serai heureux de vous y revoir, rétorque-t-il d'une voix rauque qui me donne des frissons dans tout le corps.

Soudain, il se reprend, voyant qu'il s'est peut-être un peu trop laissé aller devant ma grand-mère et d'une bonne partie de ma famille qui n'attend pas très loin, mais qui nous épie sans aucune discrétion.

– Je vous laisse aller fêter Noël en famille, parvient-il à dire.

Je sens bien, quand il reprend ma main dans les siennes, qu'il n'a pas vraiment envie de me quitter. J'ai l'impression de décoller du sol, dans une légèreté indéfinissable. C'est un instant fort plaisant, qui m'enrobe et me donne quelques frissons dans mon intimité, me met en émoi. Mon cœur bat la chamade, comme jamais il ne s'est mis à battre auparavant. C'est à défier tout ce que j'ai pu connaître de délicieux dans mon passé.

C'est même meilleur…

Ses mains glissent sur les miennes lorsqu'il s'en détache et il me manque déjà. Je le laisse néanmoins retourner à ses affaires, tandis qu'avec un large sourire je pousse le fauteuil de mamie Grace en direction du reste de ma famille, regroupé sur le trottoir en face de la chapelle.

– Alors, ne t'avais-je pas dit qu'il était à tomber à la renverse, ce docteur ! s'esclaffe Meribeth, accrochée au bras gauche de Craig.

– Oui, sans doute, réponds-je en essayant de ne pas avoir une voix trop enjouée.

– Tu parles, Meri ! Elle est totalement tombée sous son charme ! moucharde ma grand-mère, riant aux éclats avec ma cousine.

Je les laisse me chambrer et souffle un peu, le temps que mamie et ma grand-tante s'envoient dans le gosier un verre de vin chaud. Mon oncle Hamish les suit également, fort ravi de ce petit interlude.

– Ah ! Il faisait bien soif ! lâche-t-il, jetant son verre en plastique dans la poubelle prévue à cet effet.

Poursuivant notre chemin vers la maison, nous croisons de nombreuses personnes qui nous souhaitent un joyeux Noël, auxquelles nous répondons, bien évidemment. Puis ma cousine Rhona arrive droit sur nous en tenant une fille par la main. C'est à ce moment-là que je me rends compte que je ne l'ai pas vue à la messe…

– Maman, papa, je voudrais vous présenter Freya, lâche-t-elle d'une voix décidée, bien que chevrotante.

– Alléluia ! s'écrie mamie Grace, faisant claquer ses vieilles mains lorsqu'elle les joint, comme pour prier.

Devant le silence de ses parents, Rhona hésite à poursuivre.

– Viens là, ma fille ! s'exclame finalement tante Iona, tandis qu'il faut un petit laps de temps supplémentaire à oncle Hamish pour faire de même.

Mais il se rattrape en ajoutant aussitôt tout en saluant ladite amie :

– Freya, nous serions honorés si tu voulais participer à notre dîner de Noël !

Celle-ci a à peine le temps de répondre que Rhona se jette dans les bras de son père.

– Eh bien, si j'avais su, j'aurai demandé à mon copain de venir ! s'esclaffe sa sœur Sheena.

– Tu as encore le temps de le lui demander, lui assure mamie Grace. Quand il y en a pour…

– Dix-sept, il y en a pour dix-huit ! rétorque ma grand-tante, que je croyais complètement pompette avec le deuxième verre de vin sucré qu'elle s'est enfilé en douce.

Mais en comptant dans ma tête tous les membres de ma famille plus les petits amis, je m'aperçois que le compte est bon. Ce qui me donne à rire. Je sens une joyeuseté s'élever de notre groupe lorsque nous reprenons tranquillement le chemin de la maison. L'air frais me fait du bien et je me remémore un peu la soirée dans cette chapelle. Pour ma part, je ne m'en remets toujours pas à l'idée que cet homme puisse peut-être avoir quelques dévotions pour Dieu. Après tout, il est plutôt beau, mais je n'ai vu aucune alliance à ses doigts. Si jamais c'était le cas, je crois que je n'arriverai pas à l'accepter…

Tout en poussant le fauteuil de mamie, mille pensées se submergent entre elles dans ma tête.

– Je te trouve bien silencieuse, ma petite-fille ! lâche mamie.

– Hum… je suis un peu fatiguée. Pas toi ? préféré-je dire pour éviter qu'elle me titille avec mon highlander.

– Non, mais j'ai quelque chose d'important à te dire…

– Je t'écoute, rétorqué-je d'une voix basse.

– Tu sais, mon Énora, dans toutes les histoires amoureuses, les amoureux rencontrent des obstacles, alors promets-moi de tout faire pour les franchir…

Je suis surprise de ce conseil et bienheureuse qu'elle me le donne. Puis je me souviens qu'elle m'a discrètement sur le parvis lorsque nous n'étions que toutes les deux, qu'elle me raconterait une histoire, vraie de surcroît, car il lui arrive de nous pipeauter lorsqu'elle veut diriger nos pensées ou nous manipuler… Nous nous trouvons encore dans la rue et je préfère nettement qu'elle me la raconte au calme, au coin du feu de la cheminée ou peut-être plus intimement dans sa chambre. Cependant, au fond de moi, je me demande bien de quoi peut parler cette histoire. Mais il me faudra encore patienter, car nous n'avons pas encore dîné ni ouvert nos cadeaux…

« – Tu devais prendre soin de moi, c'était ça notre accord, c'était ça notre accord !

– Arrête de crier comme une hystérique, Senga, tu vas réveiller les filles !

– Tu te rends compte que cette gamine est à peine plus âgée que ta nièce Rhona ! »

Sans le vouloir, Meribeth et moi-même qui pénétrons les premières dans la maison familiale entendons l'échange houleux qui se déroule dans la cuisine, tandis que nous nous trouvons au beau milieu du corridor. Stoppées net dans notre élan, nous faisons marche arrière sans faire de bruit, afin de ne pas nous montrer indiscrètes.

– Qu'est-ce que vous faites à marcher ainsi à reculons ? s'exclame tante Malvina assez fortement, car elle est sourde comme un pot et que les deux verres de vin chaud qu'elle a ingurgités étaient sans nul doute trop alcoolisés pour elle.

Nous déglutissons toutes deux, en espérant que tante Senga et oncle Blair ne l'ont pas entendue. Mais en vain ! Ma tante sort de la cuisine, l'air blafard, son mari sur les talons.

– Tu es contente de toi, hein ! Maintenant, tout le monde va le savoir ! s'écrie oncle Blair.

Je ne m'attendais pas à autant d'hostilité de sa part, ni de problèmes dans leur couple. À tout le moins, pas aussi sérieux que ce que nous venons de surprendre sans le vouloir...

Néanmoins, nous décidons de ne rien dire et les laissons s'échapper de notre vue. Nous ne savons que penser de tout ça, en nous retrouvant toutes deux dans la chambre de ma cousine adorée.

– Tu crois qu'ils vont divorcer ? me demande Meribeth.

– Ça a bien l'air d'être parti pour...

– Qu'est-ce que l'on fait ?

– Rien ! Laissons-les gérer leurs affaires et contentons-nous de faire en sorte que les jumelles et les garçons ne souffrent pas trop.

Meribeth redescend rejoindre Craig tandis que moi, je prends encore quelques minutes. J'ai besoin de me remettre des émotions de cette longue journée. Je me saisis de mon carnet à croquis et je ne peux m'empêcher d'ajouter sur le dessin que j'ai fait de mon beau highlander, un col romain. J'ai beau essayer de me dire que celui-ci ne lui convient pas du tout, je le trouve toutefois très beau aussi ainsi.

Une dizaine de minutes plus tard, je descends à mon tour aider nos parents à dresser la table. Tante Senga se trouve également là. En croisant son regard, Meribeth et moi sommes un peu gênées.

– Ne vous inquiétez pas, mes chéries, tout va bien aller, lâche-t-elle en nous tenant chacune par le poignet avec grande affection.

Nous l'embrassons aussitôt et le plus discrètement possible, car le reste de nos parents se trouvent non loin de nous.

La table se dresse assez rapidement avec toutes nos mains qui s'agitent, et de bonnes odeurs s'élèvent à en faire saliver Craig qui a retrouvé, semble-t-il, l'appétit. Avant d'aller réveiller les fillettes assoupies sur leur lit, je remarque que toutes nos immenses chaussettes accrochées à la cheminée ont été garnies. Le verre de whisky chaud au citron et à la cannelle qui remplace le fameux verre de lait pour réchauffer Santa Claus a été bu, et il ne reste que des miettes dans l'assiette à dessert où se trouvait une part du délicieux *Dundee cake* pâtissé par tante Iona. Même la carotte destinée au renne du Père Noël a disparu ! Mais devant la cheminée, de nombreux cadeaux ont été déposés avec générosité.

En admirant la grande table ovale du salon, je me rends compte que mes tantes ont encore passé un temps fou en cuisine ! Elle est chargée de plats : foie gras et soupe de lentilles aux tomates en entrée, qui seront suivis par l'immanquable dinde farcie aux marrons, garnie de bacon, d'oignons et de sauge et accompagnée de rutabagas, choux de Bruxelles, carottes et pommes de terre rôties, le tout arrosé de la fameuse sauce aux airelles dont seule tante Malvina a le secret. Quant au *Dundee cake*, où il manque une part, celui-ci attend sur le buffet d'être dévoré, tandis que nos estomacs se remplissent goulûment ! Les jumelles, le regard endormi au vu de l'heure avancée de la nuit, sont joyeuses en tirant les crackers à la fin du repas. Les papillotes de couleurs disposées dans plusieurs boîtes sur la table nous amusent grandement.

– À toi de tirer ! s'écrie Meribeth en tendant à Craig, la plus grosse des papillotes qui se trouvent sur la table.

Celui-ci sans manière, attrape la ficelle et fait exploser le petit pétard. C'est alors qu'une enveloppe apparaît du côté opposé à celui légèrement calciné.

– Allez, ouvre-la ! insiste sa future femme.

Craig s'exécute, un large sourire aux lèvres. Mais lorsqu'il prend connaissance de ce qui se trouve à l'intérieur du pli, son regard brille comme celui d'un petit garçon.

– Non ! Comment as-tu fait, mon amour ! s'écrie-t-il en agitant un carton d'invitation au cérémonial de la Flèche d'argent, avant d'embrasser avec beaucoup d'affection ma cousine adorée.

– Eh bien, le père de Kyle est un scientifique reconnu, également membre à part entière de la *Royal Company of Archers*[1], lui avoue Meribeth. Alors, non seulement tu vas pouvoir y passer une journée, mais en plus tu vas pouvoir te mesurer aux meilleurs durant un entraînement !

Craig en a le souffle coupé. Il est fou de joie, lui qui apprécie cette discipline depuis si longtemps. Le petit ami de Rhona qui nous a rejoints lâche un sifflement d'admiration. Nous finissons par comprendre que lui aussi est un passionné de tir à l'arc.

– Ce n'est pas fini, ajoute Meribeth en fixant son amoureux de ses belles prunelles. Regarde ce qui se trouve encore à l'intérieur, mon chéri…

Craig s'exécute de nouveau. Une flèche en argent massif, symbole de ce club si privé qui a une forte histoire avec notre

1. *Royal Compagny of Archers* : Club de tir à l'arc privé en Écosse.

belle Écosse, glisse dans la main de notre grand gaillard, lui faisant monter les larmes aux yeux.

– Je t'aime, grand bêta ! lâche Meribeth, la gorge serrée tant elle est heureuse du cadeau qu'elle a réussi à faire à l'homme qu'elle aime profondément.

Elle glisse le pendentif dans la chaîne en argent que porte déjà Craig au cou, et celui-ci n'en est que plus fier.

– Toi, tu savais quelque chose ! me taquine-t-il. Mais je m'en défends, lui assurant que je ne savais rien lors de notre première discussion.

Meribeth finit par comprendre que notre pari n'était alors qu'une supercherie.

– Eh bien, au moins, cela aura eu le privilège de la faire venir à la messe ! s'esclaffe mamie Grace, en faisant un clin d'œil à papa qui lui répond d'une façon identique.

À ce moment précis, je me rends compte de leurs regards semblables, et je me dis que j'ai hérité de leurs yeux et grâce à ce pari, d'un adorable chaton !

Après que nous avons tous ouvert nos cadeaux et que nos parents nous aient tous gâtés considérablement, surtout mamie Grace avec des chèques grassouillets pour chacun de ses petits-enfants, dont un plus imposant qui permettra à Meribeth et Craig d'acquérir le manoir de leur rêve, elle s'adresse à moi discrètement.

– Tiens, ma petite-fille chérie.

– Encore un cadeau, dis-je en découvrant un bijou.

– C'est une médaille de saint Antoine de Padoue. On l'invoque généralement pour recouvrer la santé, mais également pour exaucer un vœu.

Je comprends que mamie Grace veut mettre toutes les chances de mon côté et qu'elle serait prêtre à me recouvrir de trèfles à quatre feuilles et de tout autre gri-gri si tant est que l'un d'eux me permet de trouver l'amour. J'accepte alors son cadeau avec un sourire.

Tante Iona nous indique qu'il est l'heure d'aller tous nous coucher.

Mais je rappelle tout le monde, car avec tous ces ascenseurs émotionnels, j'ai oublié d'offrir à mes deux tantes, à grand-tante Malvina et à mamie Grace, les portraits que j'avais réalisés pour elles lorsque je me trouvais encore en Bretagne, dans mon petit cottage… Je monte les marches quatre à quatre afin de me saisir de mon carnet à dessins dans lequel se trouvent lesdits portraits. Lorsque je reviens dans le salon et que j'offre à chacune d'elles celui qui leur revient, tata Senga ne peut s'empêcher de me serrer dans ses bras en admirant tous ses enfants croqués ensemble. La joie se lit sur tous les visages et maman insiste de nouveau pour que je fasse quelque chose de tous ces croquis alors qu'elle feuillette mon carnet. C'est alors qu'elle tombe sur le portrait d'un certain inconnu… Je lui retire le carnet rapidement des mains avant de clamer qu'il est maintenant l'heure d'aller se coucher. Mais je sens que maman interprète quelque chose en voyant le col romain que j'ai ajouté tout à l'heure à mon beau highlander.

En raccompagnant mamie Grace dans ses appartements, je ne m'attends pas à ce que ma tendre ancêtre décide de me raconter sa fameuse histoire *vraie* tout en commençant par me reparler du docteur MacFadyen…

– Rien ne laisse présager qu'il n'est pas entré dans les ordres ! déclaré-je.

– C'est un docteur avant tout ! Et quand bien même ? Ce n'est pas si grave, ma petite-fille !

– Mais, mamie ! Te rends-tu compte de l'ineptie de tes paroles ? Depuis quand un ecclésiaste quitte-t-il la prêtrise pour une femme ?

– Ne regardes-tu jamais la télé ? s'offusque-t-elle avant d'ajouter : Tous les jours et dans le monde entier, des religieux quittent leur fonction sacerdotale, car ils sont tombés amoureux !

– Tu dérailles, mamie !

– Eh bien, je peux te dire que je n'ai jamais été aussi lucide de ma vie ! Sache que je n'ai pas eu cette chance, toutefois, d'avoir un homme qui m'aime plus que Dieu.

Sa voix vient de perdre une octave et je m'agenouille devant elle, soudain inquiète par son visage qui semble tout d'un coup avoir vieilli de quelques années.

– J'ai été amoureuse d'un curé dans ma jeunesse, bien avant que je ne sois mariée à ton grand-père. Il était beau, il était élancé, il avait tout pour lui comme ton beau médecin, m'avoue-t-elle, le regard lointain qui a repris une brillance particulière.

Cela me surprend totalement pendant qu'elle poursuit.

– Mais mon père en avait décidé autrement. Il était hors de question de faire tourner la tête à un homme d'Église ! Cela aurait porté malheur et déshonneur sur notre famille et nous aurions été la honte du village ! Malgré mes plaintes et mon grand désarroi, mon père m'a trouvé un homme que j'ai dû épouser en urgence, car mes parents avaient craint que je ne me retrouve dans une situation délicate. Ce qui aurait été impossible, car mon Erskine m'avait toujours respectée. J'ai bien eu envie de me sauver avec lui le jour même de mon mariage, car je pensais que ce serait lui qui célébrerait la bénédiction nuptiale. Mais à ma grande surprise, ce fut un vieil évêque arrivé la veille au village qui m'a unie à ton grand-père devant Dieu. Mon curé avait été rappelé par son archidiocèse pour se reprendre de son égarement tandis que moi, j'ai dû continuer à vivre sans jamais savoir s'il m'aurait choisie à la place de Dieu. Je l'ai aimé bien plus que ton grand-père et personne avant toi ne l'a jamais su même pas ma sœur, ajoute-t-elle en essuyant son regard qui s'est quelque peu embué.

Je retiens mon souffle durant un instant, ne sachant comment la consoler d'une chose perdue à jamais.

– Ton grand-père bien plus âgé que moi, reprend-elle d'une voix basse, n'a jamais rien su non plus de cette romance. Il avait déjà eu une femme morte en couches et j'étais une bénédiction pour lui qui n'avait alors pas encore d'enfant. Je ne devais jamais rien lui révéler sous peine de prendre une raclée par mon père. Même ma mère était d'accord avec lui.

– Oh, mamie, lâché-je la gorge serrée par son roman d'amour brisé à son insu.

– Oh, ne pleure pas pour moi, mon enfant ! Tu sais, à notre époque, nous les femmes étions soit mariées sans le vouloir, soit souvent obligées de nous marier pour fuir le joug paternel et malheureusement, les hommes n'étaient pas très respectueux avec notre sexe. Ils le sont plus aujourd'hui bien que beaucoup aient encore du chemin à parcourir ! Mais vous avez le travail et la liberté de choisir celui avec lequel vous voulez vivre ! Pour nous, c'était une tout autre histoire !

Je reste silencieuse, l'esprit plongé dans ce récit qui me serre le cœur à m'en faire mal.

– Ma petite-fille, ne laisse pas passer ta chance de vivre l'amour avec fougue et passion. Être folle d'amour, surmonter les obstacles, c'est ça la vraie vie ! J'ai bien vu comment ce jeune homme te regarde et tu portes le même regard sur lui. J'avoue ne pas savoir si son corps appartient à Dieu, mais si tu ne tentes pas de savoir s'il peut te choisir toi, tu vivras avec ce doute toute ta vie, ma chérie, crois-moi !

– Il n'a jamais cherché à te revoir... Erskine ? demandé-je aussitôt gênée par ma question.

– Non. Il m'avait pourtant semblé parfait pour moi, mais il avait un défaut, celui d'aimer Dieu plus que moi, *a priori* ! Malgré l'amour que nous nous portions, il a préféré choisir Dieu à la vie d'homme que je lui réservais à mes côtés.

Je repars dans la chambre de Meribeth, plus attristée que jamais par cette tranche de vie, si triste. En ouvrant la porte délicatement, je ne vois pas Meribeth, mais je sais qu'elle dort déjà à poings fermés en entendant son petit ronflement nasal. Je me demande pourquoi elle n'a pas souhaité aller se coucher avec Craig. Puis, je me souviens qu'elle lui avait demandé si elle pouvait passer le plus de temps possible avec moi durant mon séjour. Chose que Craig avait acceptée du moment qu'elle lui offrait le reste de sa vie avec lui.

Je bâille presque à m'en décrocher les mâchoires et Cupidon se réveille avec un petit miaulement. Je le prends et le serre contre moi, en songeant que le docteur MacFadyen a dû le serrer lui aussi contre son cœur. Ce sentiment d'être lié d'une façon ou d'une autre à cet homme, m'émeut de nouveau. Je décide qu'il est temps d'imiter Meribeth, bien que mon esprit soit pris d'interminables réflexions dont la pire est : est-ce qu'il me choisirait s'il avait le choix ?

– C'est une évidence ! entends-je la voix de Maminette résonner dans la pièce.

J'appuie brusquement sur l'interrupteur qui se trouve de mon côté sur la table de chevet et la lumière jaillie d'une boule de lumière blanche. Mais je ne vois personne d'autre que Meribeth, Cupidon et moi-même dans cette chambre.

– Éteins la lumière, j'ai sommeil..., lâche d'une voix endormie Meribeth avant de replonger sa tête dans son oreiller.

Je m'exécute en songeant que Maminette de là-haut, n'arrête pas de me surprendre...

13

Duncan

Ce matin, à mon réveil, je me rends compte que je ne dors plus comme avant. De nombreux rêves m'accaparent l'esprit et le corps aussi. Comme à mon habitude, je prends ma douche avant d'aller prendre mon petit-déjeuner. À peine sortie de ma cellule, je sens déjà la bonne odeur de toasts grillés. Je me dirige d'un pas joyeux vers la cuisine. Toutefois, je n'y arrive pas les mains vides. Ce n'est pas dans mes habitudes d'offrir un cadeau à une femme, de surcroît qui porte une tenue religieuse, mais je voulais vraiment offrir un cadeau à sœur Anna-Maria pour la remercier de son amitié et de son soutien qu'elle m'offre sans rien attendre en retour.

– Mais c'est beaucoup trop ! lâche-t-elle en se signant.

– Non, ma sœur, rien n'est de trop pour vous. C'est un chapelet qui m'a été offert par le Pape lui-même lorsque je me suis rendu au Vatican. Je sais que le Saint des Saints serait heureux de savoir que c'est vous qui l'avez. Vous êtes la plus sainte après la Vierge Marie que je connaisse, alors, je veux qu'il soit à vous.

Sœur Anna-Maria, très touchée par mon petit discours et mon présent, se signe de nouveau, embrassant le Christ représenté sur sa croix en or qui embellit le chapelet. Je sais que je viens de faire une heureuse et Stanislas qui se trouve à nos côtés, admire sans réaction futile, le présent.

– J'ai quelque chose pour toi aussi, Stanislas.

Je remets à mon petit sauveur de la messe de Noël, mon dizainier. Il sourit sans autre émotion. Néanmoins, je n'ai pas le temps de converser avec lui plus encore, car il rentre aussitôt dans la première prière du dizainier. Avec sœur Anna-Maria, nous décidons de ne pas l'interrompre et commençons à prendre notre petit-déjeuner. Cet enfant se trouve toujours en prière lorsque nous débarrassons nos bols. Nous préférons le laisser en paix et repartons de la cuisine sans un bruit. Sœur Anna-Maria tient mon bras tandis que je marche lentement à ses côtés. Je me sens paisible lorsqu'elle est là. On reparle brièvement de la messe et de mon exploit d'avoir pu remplacer au débotté le père Cunningham.

– Je crois que grâce à votre intervention, nous n'avons jamais récolté autant de dons depuis que… J'avoue que jamais !

Comme d'habitude, son accent espagnol ressurgit dès lors qu'une émotion l'envahit.

– Cela fera encore plus de bien à nos petits protégés du refuge, rétorqué-je. Et avec les deux enveloppes que m'a remises le fils de Mrs Wallace, ce seront plusieurs hivers où personne ne manquera de rien.

– N'oublions pas Mrs Paterson et ses amies ! lâche-t-elle avec un petit rire de gorge.

– Ah, oui, Mrs Paterson et ses amies ! répété-je en me disant que leurs dons vaillent bien que je subisse quelques assauts de leurs parts si tant est que cela s'en arrête là.

– Les chatons non plus ne risquent pas de manquer de croquettes ! s'esclaffe-t-elle en voyant les deux petits de la dernière portée jouer avec la petite balle que je leur ai offerte.

– Mais il en manque un ? s'interroge-t-elle.

Je me rends compte que j'ai oublié de lui dire que j'avais offert l'un d'eux à Miss Graham et que ce chaton était en fait pour sa cousine, Miss Wallace. Je lui précise néanmoins que je n'étais pas au courant du destinataire avant que cette dernière ne m'en remercie sur le parvis. À ce souvenir, une sensation me traverse le corps et je me rends compte à quel point cette femme me manque. Sœur Anna-Maria ne s'en offusque pas et approuve ma démarche.

– Ce mistigri est certainement plus heureux au chaud dans une famille aimante ! ajoute-t-elle afin de me rassurer.

Cupidon vient se frotter dans nos jambes avant de repartir chasser sans doute quelques petits rongeurs. Nous rions tous deux au souvenir des dégâts que nos petits amis félins ont fait durant la messe. Puis, sœur Anna-Maria prend soudain un visage sérieux.

– Je ne sais si vous m'autorisez à vous dire une vérité, mon *fils*.

– Mais bien sûr, n'ayez jamais aucune crainte avec moi ! Soyez libre de vous exprimer sur tout.

– Eh bien, hier, en repartant au presbytère, après la messe de minuit, je n'ai pu m'empêcher de vous voir discuter avec la jeune femme, celle pour laquelle vous m'avez priée au travers de Stanislas de lui porter un verre d'eau sucré.

– Il s'agissait justement de Miss Wallace et, d'ailleurs, je ne vous en ai pas remerciée pour elle, ma *mère*, réponds-je avec un large sourire, tandis que les battements de mon cœur s'accélèrent dans ma poitrine.

Les mots se bousculent dans ma tête et je déglutis sans rien apporter d'autre à notre échange.

– Je vous ai vu et ce n'était pas un homme qui se refuse à aimer que je voyais, mais un homme qui admire une femme pour laquelle il a des sentiments.

Devant tant de franchise, je me sens chamboulé.

– Je ne veux surtout pas que vous pensiez que je vous juge, mon *fils*, mais vous êtes jeune et si vous devez passer tout le reste de votre vie à vous morfondre sur votre passé et à vous refuser un avenir heureux, vous risquez de partir bien trop tôt au Ciel.

Je ne réponds toujours rien si ce n'est que je la regarde profondément avec beaucoup de respect pour ce qu'elle ose me dévoiler alors que mon cœur l'a déjà compris avant moi.

– Le père Cunningham, reprend-elle, était déjà âgé lorsqu'il a rencontré son âme sœur. Malgré tout, il a souffert de nombreuses années bien qu'il ne s'en soit jamais plaint.

Devant mon silence, elle poursuit toujours d'une voix affectueuse.

– Je ne veux pas vous voir souffrir. Je ne pourrais pas le supporter, lâche-t-elle d'une voix presque éteinte.

Je me rends compte de l'importance que j'ai à ses yeux. Elle aussi compte beaucoup pour moi.

– Ma *mère*, je vous jure que je vous ferais savoir ce qu'il en est si tant est que cette jeune femme nourrisse de réels sentiments à mon égard.

– Oh, je suis certaine qu'elle en a ! Soyez prêt à défier les règles s'il le faut !

Devant tant d'impertinence, j'éclate de rire. D'autant que sœur Anna-Maria est fort âgée et qu'à cet âge, personne ne peut lui dire de se taire, même pas Dieu…

Comme rassurée, sœur Anna-Maria part de son côté arranger les nombreux cierges qui ont été allumés hier soir. Pour ma part, je retourne à mon cabinet pour prendre connaissance de mes e-mails. Je constate que j'en ai reçu de nombreux. Plusieurs concernent des missions humanitaires. Mais je ne m'intéresse qu'à celui qui concerne ma mission en Tanzanie. J'ai prévu depuis de longs mois de m'y rendre seul. Cependant, je ressens un peu moins d'enthousiasme tout à coup. Je n'ose m'avouer que c'est à cause de Miss Wallace. Cela dit, ce n'est pas dans mes habitudes de changer de cap. Je me suis engagé à aller aider tous ces malheureux enfants et je ne peux pas remettre cela en cause même pour *elle*. D'ailleurs, elle ne nourrit peut-être aucun sentiment pour moi. Si cela se trouve, je me suis fait tout simplement des films à son sujet…

Je préfère éviter d'y penser. À la place, je range mon cabinet, car demain, avec la fête de charité et le bal qui suivra, je risque de me retrouver avec quelques nouveaux patients. Enfin, j'espère que leur nombre ne sera pas trop élevé. Souvent, entre l'alcool et l'excitation d'un jeu, il y a de quoi se blesser sans le vouloir. Sans compter les petits orphelins du refuge qui s'y rendront et feront du patin à glace.

Un peu plus tard, je croise le chemin de sœur Anna-Maria. Elle m'annonce que le père Cunningham est parti se coucher, car il semblait fatigué. Elle me sollicite afin que j'aille voir s'il va bien, car nous sommes en milieu de journée. Je m'apprête à le faire, mais elle souhaite également me glisser deux mots avant, à propos de Stanislas.

– Je ne voudrais pas critiquer cet enfant, tant il est adorable, mais n'avez-vous pas l'impression qu'il est nulle part et partout à la fois ?

– Oui, je me demandais s'il n'y avait que moi qui m'en rendais compte. J'ai même l'impression que parfois, il flotte au-dessus du sol.

Devant l'acquiescement de sœur Anna-Maria, un fou rire me saisit le ventre avant qu'elle ne m'accompagne dans celui-ci.

– Tout va bien, ici ? demande Stanislas, apparaissant encore une fois comme par magie devant nous.

Sœur Anna-Maria et moi-même rions de plus belle avant de réussir à nous calmer afin de répondre à l'enfant qui n'a pas bougé un cil durant tout ce temps. Il pourrait être un ange tombé du ciel ou même Dieu que cela ne m'étonnerait que peu. J'évite toutefois d'en faire part à ma condisciple.

– Oui, ne te soucie pas, Stanislas, nous avons décidé que c'était un jour où le rire doit nous envahir toute la journée, le rassuré-je en lui caressant le dessus de la tête.

– Après tout, c'est Noël ! ajoute sœur Anna-Maria en lui souriant affectueusement.

– Bien, lâche uniquement celui-ci avant d'enjoindre ses mains et de repartir sans doute prier dans sa cellule.

– Le repas sera prêt à midi, l'informe sœur Anna-Maria alors qu'il s'est déjà bien éloigné de nous deux.

– Je serai là, répond-il en se retournant avec grâce avant de repartir d'un pas léger dans un flottement que je trouve de plus en plus suspect.

Un ding-dong s'élève de l'immense cloche de la chapelle qui marque chacune des heures du jour. C'est un système automatisé. Ainsi, le prêtre ou quiconque en charge de sonner les cloches n'a plus à grimper comme nos ancêtres sur une corde pour faire tinter celle-ci. D'ailleurs, j'imagine bien mal le père Cunningham accroché à une corde et tirer dessus. Il ne tiendrait pas une seconde tellement il a un physique chétif et nous le retrouverions sans aucun doute, suspendu à quelques mètres du sol tant il ne fait pas le poids pour cette ancienne corvée. Je ris intérieurement, rien qu'en l'imaginant ! Sœur Anna-Maria me fait savoir qu'elle m'abandonne pour se rendre en cuisine préparer le déjeuner. Je me rends compte que je n'ai jamais autant éprouvé de plaisir à faire trois repas par jour. Je conserve mon sourire en me rendant au chevet du père Cunningham. En effet, il me paraît fébrile et je sens une sorte de relent d'alcool flotter autour de lui. Avec étonnement je découvre, à peine caché sous son lit, une bouteille de vieux Scotch emplie qu'à moitié.

– *Le père Cunningham ne serait-il pas un petit alcoolique anonyme*, songé-je en essayant de le réveiller.

Mais rien n'y fait. Je le laisse cuver seul après m'être assuré que son pouls était normal. Je crois bien que sœur Anna-Maria va tomber des nues si elle vient à l'apprendre…

Après le déjeuner, comme il n'y aura aucune messe aujourd'hui, et d'ailleurs, vu l'état du père Cunningham, cela vaut mieux, je décide d'aller faire un tour dans le centre de la ville. En traversant la nef, je tombe sur Stanislas en train de préparer l'autel pour une inhumation qui aura lieu le 27 décembre.

J'apprends par l'enfant que la cérémonie funéraire se déroulera uniquement avec l'épouse du défunt. Je trouve cela fort triste. Je reprends la direction pour sortir, mais je ne sais pas pourquoi, cette réflexion m'entraîne vers mon passé, sept années en arrière exactement. Je revois l'enterrement de Keith, mon frère de cœur. Je me remémore la nef, bondée de monde. La famille, les amis, les patients guéris ou en voie de guérison. Il y avait beaucoup d'enfants entourés de leurs parents. Puis, il y avait moi. Si seul dans cette foule attristée. Si seul sans pouvoir partager ma peine et ma souffrance.

Si la vie avait un dessein pour chacun d'entre nous, qu'était-ce le mien ?

Je ne sais pas si un jour j'aurai une réponse à cette question. Néanmoins, les paroles de Stanislas me disant que j'étais présent uniquement à Inverness parce que je devais sauver une femme, résonne soudainement dans ma tête.

Et si c'était *elle* que je devais sauver ?

14

Énora

Chez les Wallace, le jour de Noël, on préfère se lever tardivement, déjeuner longuement en famille avant de remettre ça avant la tombée de la nuit. Pour ma part, après avoir pris mon déjeuner, j'ai annoncé à mes proches que je souhaitais rester un peu au calme et faire des traductions, d'autant que demain, nous avons prévu d'assister à la fête de charité et au bal de bienfaisance qui suivra. En repensant à la demande du docteur MacFadyen de savoir si j'allais y assister, des petits papillons s'emparent de mon ventre et je ne peux m'empêcher de sourire. Je reprends, avec l'air joyeux, une traduction débutée plus tôt avant de voir débouler dans la chambre de Meribeth où je me trouve les jumelles.

– Énora ! Énora ! s'écrient-elles à l'unisson en se jetant sur le lit. Tu peux nous emmener à la patinoire, s'il-te-plaît ! s'il-te-plaît ! s'il-te-plaît !

– Ce n'est pas parce que vous répétez trois fois s'il-te-plaît que je vais accepter, rétorqué-je avec grand sérieux. N'avez-vous donc personne d'autre à ennuyer ?

Devant leur petite moue boudeuse, je m'empresse de leur dire que je plaisante.

– Youpi ! s'exclament-elles en sautillant sur place avant de déguerpir des lieux aussi rapidement qu'elles sont arrivées.

Je les entends encore lorsqu'elles dévalent les escaliers en hurlant :

– Maman ! Maman ! Énora nous emmène patiner !

Je referme mon PC, songeant que ma traduction sera pour plus tard. Dans le salon, je croise Meribeth et lui demande de se joindre à nous. Mais elle m'informe qu'elle a d'autres chats à fouetter, enfin, plutôt un gros chaton qui l'attend dehors dans un énorme SUV.

– J'ai prévu de m'offrir un petit moment de plaisir avec Craig..., chuchote-t-elle les yeux brillants en enfilant son manteau, car il m'a offert de la lingerie et je me dois de lui faire honneur...

Je les laisse tout à leur amour et demande à Sheena de m'accompagner. Mais elle aussi n'a pas de temps à me consacrer ni à ses petites cousines. Rhona n'a pas plus d'attention à m'offrir. Je finis par me demander qui voudra bien m'accompagner ; tata Iona étant encore occupée en cuisine, ma grand-tante sur ses talons à lui apprendre encore d'ancestrales recettes. Je me dirige toutefois vers le petit salon afin de savoir où se trouvent les frères de ces petites fureurs au cas où ils accepteraient de nous accompagner. Je ne suis pas très douée sur des patins alors qu'eux en font avec facilité. Je n'ai pas le temps de pénétrer dans ledit salon que je surprends tata Senga et mamie Grace dans une discussion fort sérieuse. Je pense que ma tante a finalement décidé de parler à sa mère de son époux frivole. Je ne veux pas les déranger, pourtant, ce que j'entends me fait mal pour ma tante. Mon oncle est pis que ce que je pensais. *A priori*, ma grand-mère en tombe des nues elle aussi.

– Ma fille ! Mais pourquoi ne m'as-tu jamais dit tout ça ! Je pensais que c'était toi qui avais fauté ! ajoute mamie Grace en parlant d'une voix si basse que je dois tendre l'oreille.

Bien que je n'écoute jamais aux portes, je ne peux m'empêcher de rester là, l'oreille tendue et le cœur déchiré pour tata Senga qui souffre depuis tant d'années dans son couple. D'apprendre que Rory est l'enfant d'un autre me réjouit presque. Je me rends compte que je n'ai pas le droit d'entendre tout ça, mais mes pieds ne bougent pas du sol, comme ancrés dans celui-ci. Je finis par reculer doucement, les larmes aux yeux.

– Papa ! dis-je en me retrouvant nez à nez avec lui.

– Que se passe-t-il, ma puce ?

Je secoue la tête, incapable de répondre. Il me serre dans ses bras, inquiet. C'est alors que tata Senga ressort du petit salon et tombe sur nous. Elle a le visage gonflé et les yeux rougis. Papa s'en inquiète aussitôt. Il la prend à part et ils se retrouvent tous deux avec mamie Grace, de nouveau dans le petit salon. Sans plus attendre, papa apprend l'attitude exécrable de son beau-frère. Je préfère quitter les lieux avant d'en entendre plus. C'en est déjà trop pour moi et je préfère également éloigner les jumelles des lieux au cas où la discussion s'envenimerait plus encore avec mon oncle Blair qui n'était pas là au déjeuner, mais dont j'entends la voix dans l'entrée. Je me ressaisis en buvant un verre d'eau fraîche puis en invitant les jumelles à se vêtir rapidement pour sortir. Mon oncle Blair répond à peine à ses filles lorsqu'elles lui disent que l'on se rend à la patinoire. Je préfère ne pas rester une seconde de plus dans la maison avec le risque que les fillettes assistent à une dispute irréparable. Une fois dehors, elles me tiennent chacune par la main et je les en remercie en silence. J'ai l'impression que je pourrais tomber sans ça. Je soupire avant d'inspirer profondément. Je me sens triste pour ma tante même si nous ne sommes pas aussi proches l'une avec l'autre que je le suis avec tata Iona. Mais je lui pardonne cette distance qu'elle met avec la plupart des membres de notre belle famille. Elle est si meurtrie que je me demande comment elle a fait pour tenir toutes ces années et encore même aujourd'hui où mon oncle ne semble pas affecté par ses propos de cette nuit que Meribeth et moi-même avons surpris sans le vouloir. Je chasse tout cela de ma tête quand, quelques minutes plus tard, je me trouve déjà sur la piste de la patinoire, mes deux coquines patinant plutôt avec brio. Pour ma part, je n'avais vraiment pas prévu d'enfiler des patins en venant en vacances à Inverness, d'autant que comme je le répète à qui veut l'entendre, je ne suis pas très douée sur la glace…

Et ce qui devait arriver arriva…

Au bout du deuxième tour de piste, je m'étale au sol, ma main droite devenant soudain très douloureuse.

– Énora ! Énora ! s'écrient les jumelles, fort inquiètes pour moi lorsque je vois leurs petits visages fermés.

– Hum… Ce n'est rien, essayé-je de les rassurer, bien que je n'arrive pas à me relever du sol glacé.

C'est alors que je vois mon beau highlander arriver droit vers moi avant de me soulever dans ses bras et de m'emporter en dehors de la piste de la patinoire. Je ne sais pas ce qu'il fait là, mais je suis heureuse de le revoir.

– Où souffrez-vous ? me demande-t-il alors que je ne me suis jamais sentie aussi bien.

– Euh… Je n'ai… Aïe !

– C'est votre main, *a priori* ! rétorque-t-il. Pouvez-vous marcher ?

J'acquiesce d'un hochement de tête et mon corps glisse contre son corps ferme lorsqu'il me redépose sur le sol.

– *Mon Dieu !* m'entends-je dire en pensées, me surprenant grandement moi-même tandis que je ferme brièvement les yeux d'une telle sensation sur ma peau même si je suis emmitouflée dans des vêtements.

– Mesdemoiselles, quels sont vos prénoms ? demande-t-il aux jumelles avec un sourire.

– Moi, c'est Bonnie !

– Et moi, Arabella !

– Bien ! Alors, allez ôter vos patins, Bonnie et Arabella ! Nous allons aller soigner votre maman.

– Euh... Non ! Non ! Je suis leur cousine, le corrigé-je avec un petit sourire qu'il me rend.

– Je vous prie de m'excuser de cette erreur, elles vous ressemblent tant !

Je sens toutefois qu'il est plutôt fort satisfait qu'elles ne soient pas mes filles. Mais je n'ai pas le temps de discuter plus sur ce sujet, car il s'apprête à ausculter ma main dont je remarque soudain que mon auriculaire est quelque peu tordu.

Néanmoins, un tsunami d'émotions m'emporte totalement lorsque ses doigts frôlent les miens puis plus encore lorsqu'il les prend un par un pour vérifier leur état. Je me sens retenir mon souffle avant que mon regard ne se rive au sien. Je sens son cœur battre très fort à moins que ce ne soit le mien lorsqu'il m'emporte vers le banc où se trouvent assises Bonnie et Arabella. Il me dépose dessus délicatement et me demande mon ticket de consigne. En moins de temps qu'il n'en faut pour le dire, il revient avec nos chaussures à toutes trois. Les jumelles qui avaient déjà ôté leurs patins, enfilent leurs bottines qui sont dénuées de lacets tandis que moi avec mes baskets, c'est une tout autre histoire. Je n'ai pas le temps de dire quoi que ce soit que mon sauveur s'agenouille à mes pieds et avec beaucoup d'adresse exécute un premier nœud tout en disant avec un petit sourire moqueur :

– Des baskets dans l'hiver d'Inverness ?

– Oui, j'aime me sentir à l'aise dans mes chaussures.

Je ne sais pas ce qu'il pense de ma réponse, mais comme il continue de me sourire en nouant mon second lacet, je ne cherche pas à lui donner de plus amples détails à ce sujet. Pourtant, je pourrai me confesser à lui et lui avouer que j'adore les baskets et que j'en ai une armoire toute pleine, chaque paire rangée précieusement dans sa boîte respective. Mais je crois que le moment ne se prête pas à ce genre de confessions. D'autant que plusieurs femmes s'attroupent non loin de nous. Je me demande si elles ne souhaiteraient pas toutes être à ma place. Je ne sais pas pourquoi, sans doute la joie qui m'étreigne le cœur, mais je les fixe avant de leur faire une petite grimace qui semble dire : *Hé, les filles, ce gars, il est à moi !*

Je me rends compte de cette façon puérile d'agir, mais je suis trop contente pour me fustiger.

– Venez ! Suivez-moi, nous dit-il presque comme un ordre en tendant la main aux jumelles.

Elles s'empressent aussitôt de lui attraper chacune une main en riant. Pour ma part, je m'exécute sous cet ordre sans plus attendre. Mais le sol est glissant.

– Arabella, dit-il à Bonnie en arrêtant son pas. Veux-tu bien que je tienne ta cousine par la main et toi tu lui tiens le bras pour éviter qu'elle ne retombe.

Les jumelles éclatent de rire en lui faisant savoir qu'il les a confondues. D'ailleurs, même nous, nous les confondons tout le temps.

– Moi, c'est Bonnie. C'est facile de me reconnaître parce que j'ai un bonnet rose.

– Et moi, un bonnet violet ! s'esclaffe Arabella.

Une fois l'histoire des prénoms réglée, mon beau highlander me propose sa main libre. Je déglutis en m'accrochant à celle-ci de ma main saine tandis que le froid commence à engourdir mon autre main. J'ai hâte que mon sauveur me *donne les premiers soins* sans plus attendre tout en me disant au fond de moi-même que si les jumelles n'avaient pas décidé de faire du patin à glace, je n'aurai pas revu aujourd'hui cet homme aux allures de highlanders qui me fait totalement chavirer le cœur…

Un peu moins de cinq minutes plus tard, nous arrivons à la chapelle. Sœur Anna-Maria telle qu'elle s'était présentée à moi durant la messe de Noël en m'apportant un verre d'eau, nous accueille avec bienveillance avant de prendre un air inquiet.

– Que se passe-t-il, mon *fils* ?

– Miss Wallace a le doigt déboîté. Je dois m'en occuper. Pouvez-vous donner à ces deux demoiselles un lait de poule ou un chocolat chaud comme vous en avez le secret ?

Celle-ci avec un large sourire pour les fillettes acquiesce en les prenant par la main. Toutes trois disparaissent de notre vue et je me retrouve seul avec cet homme qui remue toutes les particules de mon corps. Je m'empourpre violemment lorsqu'il me demande de le suivre. Je le sens très nerveux à moins que ce ne soit plutôt moi qui le sois. J'avoue ne pas trop savoir. Il s'efface pour me laisser entrer dans un bureau qui doit être le sien, car il se dirige rapidement vers une petite desserte et remplit deux petits verres d'un liquide transparent.

– Buvez. C'est préférable, ajoute-t-il avant de boire d'un trait le sien.

Je l'imite avant de faire une énorme grimace.

– Ce n'est pas de l'eau !

– Ça non, ce n'est pas de l'eau, Miss Wallace, rétorque-t-il, avant de se défaire de son manteau et de m'aider à retirer le mien.

J'admire d'autant plus son corps svelte et mon cœur rate inopinément un battement. Je ne sais toujours pas ce qu'il compte faire, mais je garde confiance en lui. Il m'incite à m'asseoir sur l'une des quatre chaises qui garnissent la pièce avant de se détourner de moi pour s'emparer d'une mallette en cuir noir qui se trouvait cachée dans un recoin de la pièce. On dirait une sacoche de médecin. Il ouvre pour en ressortir plusieurs objets. Je reste étonné par la dextérité de chacun de ses mouvements et de l'attention qu'il prend pour installer sur son bureau tous ces éléments.

J'ai presque l'impression qu'il va m'opérer…

Puis, il s'approche de moi et s'empare de ma main blessée. De nouveau, des papillons s'élèvent dans mon corps. Il prend entre son pouce et son index, mon auriculaire que je trouve toujours légèrement tordu.

– Miss Wallace, regardez-moi, lâche-t-il dans un murmure qui me donne presque un vertige.

Mon regard se rive au sien et il approche doucement son visage du mien. Je peux sentir son souffle sur mes lèvres.

Hum… J'ai l'impression qu'il va m'embrasser…

15

Duncan

Je sais que je ne devrais pas me servir de ce petit quelque chose qui nous lie d'une certaine manière, mais c'est le seul moyen que j'ai trouvé pour manipuler son doigt sans qu'elle retire brusquement sa main. Peut-être que là, je me risque plus à le faire d'une manière moins conventionnelle parce qu'elle m'attire comme un papillon sur une lumière. Elle pousse un petit cri au moment même où je remets en place l'articulation de son petit doigt.

– Je suis désolé, dis-je en remettant une mèche de ses cheveux qui s'est échappée de derrière son oreille. C'est le seul moyen de faire, vous me comprenez.

Elle a les yeux qui se sont légèrement humidifiés, mais elle hoche la tête plusieurs fois lentement. Manipuler ainsi n'est jamais sans douleur même si elle reflue généralement aussitôt. Je le remarque immédiatement sur son visage et plus encore lorsqu'elle plie son petit doigt plusieurs fois.

– Non ! Ne faites pas ça ! la supplié-je presque en reprenant sa main blessée dans la mienne. Ne bougez pas, insisté-je tandis que je me détourne d'elle.

– Puis-je au moins respirer ? lâche-t-elle avec un petit rire dans la voix.

– C'est préférable, rétorqué-je d'un même timbre.

Elle continue de me faire confiance et j'en suis fort heureux. Devant moi se trouvent une attelle de doigt encore emballée ainsi que des compresses, une bande de maintien et du sparadrap. Je sors l'attelle de son étui jetable et, avec de mêmes gestes, les compresses et la bande avant de découper deux morceaux de sparadrap dont je dépose l'une de leur extrémité sur le dessus de ma main.

– Je ne savais pas que les ecclésiastes pouvaient aussi être médecins.

– Je ne suis pas ecclésiaste, lâché-je presque dans un murmure.

Je la vois soudain se redresser, presque heureuse de l'apprendre. Je ne sais pas ce qui lui a fait croire que j'étais entré dans les ordres. Puis, je me souviens aussitôt de la messe de Noël. C'est sûr que vu ainsi, cela peut être ambigu.

– Vous êtes donc uniquement médecin ?

– Non, en fait, je suis chirurgien général, précisé-je heureux de le lui apprendre.

Je la sens très surprise. Malgré tout, nous restons dans un silence presque religieux, nos respirations s'accordant par le plus grand des hasards.

J'enroule autour de son petit doigt blessé une compresse pour éviter de blesser sa peau avec l'attelle que j'installe aussitôt avec des gestes que je reproduis malheureusement souvent pendant mes missions humanitaires. Mais cela me donne un drôle de sentiment d'avoir à le faire sur elle. J'opère ensuite à un bandage que je fais passer plusieurs fois autour de son fin poignet. Je termine mon soin en collant deux longs morceaux de sparadrap afin de maintenir le tout. Je me rends compte à quel point j'aime prendre soin des gens et plus encore, lorsqu'il s'agit d'une personne qui me fait battre autant le cœur. Je relève la tête vers ma blessée. Mon regard se noie une nouvelle fois dans ses prunelles vertes qui ont pris une brillance particulière qui me donne quelques émois. Son visage est si proche du mien qu'il ne me faudrait qu'un simple hochement de tête pour frôler ses lèvres pulpeuses d'un rose carmin fort naturel.

Je sens son souffle court sur mes lèvres. C'est un supplice d'essayer de se retenir. Je prie tout ce qui existe sur terre pour y arriver tandis que je sens son souffle de plus en plus proche.

C'est alors qu'une fenêtre claque au loin nous faisant sursauter tous deux. Je m'écarte aussitôt d'elle en remerciant silencieusement la providence d'avoir répondu à ma supplique…

Confus, je m'apprête à ranger le reste de compresses non utilisées dans ma sacoche et pour ce faire, je l'entrouvre de nouveau. C'est alors que je tombe sur une photo polaroïd de Keith et moi en tenue de blocs opératoires. Au dos de celle-ci, je peux lire :

« Joyeux anniversaire, mon frère ! Cette sacoche te durera toute ta vie de “gentil” médecin. Alors, prends-en soin ! »

Je me sens soudain défait, le cœur douloureux et la tête étourdie par cette photographie. Elle a été prise à l'hôpital, lors de mon anniversaire que j'ai passé avec Keith et d'autres médecins, car nous étions de garde. Le dernier anniversaire passé à ses côtés. Il m'avait offert cette sacoche, car il s'était acheté la même, deux jours plus tôt et que je l'avais trouvée pratique et jolie. La douleur est telle que j'ai la sensation de me trouver soudainement ailleurs, chez moi, à Édimbourg, avec Keith.

– Tu me manques…, murmuré-je en fermant les yeux pour retenir une douleur qui me fait souffrir.

– Vous dites ? demande Miss Wallace.

Je ne réponds pas et tente de me ressaisir promptement. Je me tourne finalement vers elle, espérant avoir récupéré un visage plus avenant. Mais je sais que c'est loin d'être le cas. Miss Wallace se relève doucement de sa chaise pour venir jusqu'à moi. La main qu'elle pose délicatement sur ma joue me fait un effet monstre et je ferme brièvement les yeux. Alors que je ne m'attends nullement à ça, elle se met sur la pointe des pieds et attrape entre ses mains mon visage qu'elle tire vers elle légèrement. Puis, avec tendresse, elle pose son front contre le mien.

Je ne sais pas combien de temps nous restons ainsi dans cette posture qui me nourrit et me soigne l'esprit meurtri que je n'ai jamais réussi à surmonter. Je me sens bien et elle aussi, il me semble, avant que deux petites chipies n'arrivent tempétueusement dans mon bureau et nous fassent sursauter.

Pris presque en flagrant délit de béatitude, je me détache de Miss Wallace aussi rapidement que cela me soit possible de le faire sans lui faire mal à la main, tout en ajoutant :

– Prenez du paracétamol deux fois par jour, dis-je l'air fort gêné.

– Je pourrai revenir vous voir… docteur, dit-elle en faisant une grimace à ses petites cousines.

– Oui, bien sûr, enfin, c'est comme vous voulez…

Je ne me sens pas très à l'aise sous le regard inquisiteur de ces deux demoiselles qui ont remis leurs bonnets rose et violet sur leurs petites têtes rousses. Même si je n'arrive plus à me souvenir, laquelle est Bonnie et laquelle est Arabella, je reste fort heureux de savoir qu'elles ne sont pas ses filles.

Elles repartent toutes les trois avec un même sourire aux lèvres avant que je n'entende les jumelles au loin, s'exclamer :

– Il est trop beau, Énora !

– Dis ! Tu vas te marier avec lui ?

Je ne sais toujours pas laquelle dit quoi, mais je reste certain qu'elles vont lui en faire voir de toutes les couleurs. Je la plaindrais presque si je ne me faisais pas surprendre à mon tour par sœur Anna-Maria qui attend certainement de ma part, quelques explications sur la présence de Miss Wallace en ces lieux.

– Elle s'est blessée, alors je ne pouvais pas la laisser ainsi souffrir.

– Oh, mon *fils* ! Il est clair qu'elle souffrait le martyre en arrivant ! s'esclaffe-t-elle avec le regard plissé de rire.

– Non, vous avez raison. Aurais-je commis une erreur en m'occupant d'elle ?

– Pas lorsque l'on soigne son prochain ! Mais j'ai l'impression qu'elle aussi vous a soigné…

Je comprends qu'il n'y a pas que les jumelles qui nous ont surpris dans une posture inconvenante.

– Je ne suis pas là pour vous juger, mon *fils*. Rien n'est gravé dans la pierre, seuls les dix commandements le sont !

– Certes ! ma mère, certes ! ne sais-je que lui répondre.

Ma voix s'est enrouée légèrement en prononçant cette phrase. Je sens que j'ai soudain du mal à reprendre mon souffle.

– Tenez ! lâche sœur Anna-Maria en me tendant un verre d'eau.

J'en avale une gorgée avant de m'éclaircir la voix.

– J'ai une peur bleue, lui avoué-je.

– Peur de quoi, mon *fils* ? rétorque-t-elle d'une voix toujours aussi douce tandis qu'elle me donne une caresse dans le dos comme elle le ferait avec son enfant.

– J'ai peur, ma *mère*, de ne plus savoir ce que je veux ! J'ai peur de l'aimer ! J'ai peur d'être aimé !

– Oh, mon fils, comment pouvez-vous avoir peur de cela ? Il n'y a rien d'irréparable et votre cœur a besoin d'être soigné. Laissez Miss Wallace prendre une place à l'intérieur de celui-ci.

– Mais je vis un enfer au tréfonds de moi !

– Laissez-moi l'Enfer et profitez de la vie. Elle peut être si courte par moments ! Et puis, pour l'Enfer, j'y serai certainement avant vous !

Elle me déclare cela avec un tel aplomb que je suis à des années-lumière d'en trouver seul la réponse.

– Pourquoi ? Pourquoi ? répète-t-elle en secouant légèrement la tête comme si elle combattait son propre esprit. Eh bien, reprend-elle d'une voix de nouveau douce, parce que cela fait deux jours que je prie le Seigneur de vous donner assez de courage pour reprendre en main votre vie amoureuse. Je le somme de vous faire comprendre que vous n'avez plus rien à faire dans un presbytère ou une église. Il est temps de vivre en dehors de ces murs et de penser à vous soigner avant de penser aux autres. Alors, comprenez, mon *fils*, qu'il sera plus en colère contre moi que contre quiconque.

Je reste circonspect d'une telle confession.

– Et n'oubliez pas, docteur, lâche Stanislas qui arrive encore une fois dans un flottement silencieux, que j'ai eu une vision sur vous.

Sa voix neutre me donne un petit frisson dans le dos tandis que je ne sais plus trop que penser de notre petit trio.

16

Énora

Lorsque je rentre de la patinoire avec les filles, nous tombons sur mamie Grace à mon plus grand désarroi.

– Mamie ! Mamie ! Énora s'est cassé la main ! lui annoncent-elles tout excitées, d'une seule voix.

C'est souvent d'ailleurs, qu'elles disent une même phrase en même temps. Encore une fois, elles se mêlent de ce qui ne les regarde pas et je compte bien le leur faire savoir, à ces chipies !

– N'allez pas inquiéter mamie pour rien ! déclaré-je en leur arrachant de leurs petites têtes rousses, leurs petits bobs en laine.

J'éclate de rire de voir leurs chevelures toutes remplies d'électricité statique.

– Mais, heu… ! Énora ! s'écrient-elles mécontentes.

Je ris de plus belle avant que Bonnie ou bien serait-ce Arabella ne dise à haute voix :

– C'est le docteur qui l'a soignée et elle va l'épouser ! Nananère !

Je leur balance à chacune leur chapeau et elles se sauvent en faisant mine de crier alors qu'elles éclatent de rire. J'espère que leur confidence sur mon petit accident va s'en arrêter ici. C'est alors que je vois ma grand-mère me faire signe de venir jusqu'à elle en déroulant son index plusieurs fois. J'ai à peine le temps de déposer un baiser sur sa joue, qu'elle se détourne de moi. Dans un silence d'église, j'emboîte le pas à son fauteuil. Toujours sans un mot de plus, nous prenons le petit ascenseur qui dessert sa chambre. Une fois isolées à l'intérieur de celle-ci, je sens que le jugement dernier n'est pas loin de s'abattre sur moi…

– Qu'est-ce que c'est que cette histoire, Énora ? demande-t-elle en s'emparant de ma main où se trouve l'attelle.

– Euh… Ce n'est rien. J'ai chuté à la patinoire et on m'a soignée.

– C'est qui ce « on » ? demande-t-elle en fronçant le regard.

– Oh, c'est juste le docteur MacFadyen qui passait par là.

Je me rends compte que j'ai eu un mal fou à dire juste cette phrase. Je déglutis en voyant le regard de mamie s'illuminer d'une brillance particulière.

– Juste le docteur MacFadyen qui t'a soignée. Eh ben, tiens ! Tu m'en diras tant ! Et alors ? Qu'est-ce que cela t'a fait ? demande-t-elle fort curieuse.

– Eh bien, rien du tout ! Je souffre le martyre ! préféré-je lui dire en tendant ma main pour couper court à toute autre indiscrétion de sa part.

– Tu me montres la mauvaise main ! s'esclaffe-t-elle tandis que je m'aperçois qu'elle a raison. Bon ! Eh bien, soit ! Tu sembles ne rien vouloir dévoiler à ta pauvre grand-mère qui peut mourir d'une seconde à l'autre et ne jamais te savoir heureuse, finalement.

Son ton est devenu grave, mais je sais qu'elle fait exprès de parler ainsi pour en savoir plus.

– Tu peux utiliser ta frimousse de chien battu, je ne te donnerai pas le plaisir de détails qui n'existent pas !

– Rien que de le dire, tu sais que tu as tort ! Mais soit ! Je saurais bien ce qu'il s'est passé d'une façon ou d'une autre. Sais-tu que les enfants s'achètent facilement avec des bonbons ? ajoute-t-elle avec un petit rire et le regard mutin.

– Oh, bien sûr que je le sais ! Tu faisais déjà ça avec nous lorsque nous étions petites !

– Et je te rappelle que ça marchait drôlement bien !

Je souffle avant de déposer les armes. Mamie gagne toujours, je devrais le savoir depuis tout ce temps.

– Allez, viens ici, me dit-elle d'une voix redevenue tendre, en tapotant ses genoux.

Je m'exécute et m'installe devant elle sur le sol, en posant ma tête sur ses vieux membres inférieurs recouverts d'un joli plaid écossais.

– Il est apparu de je ne sais où. Mais j'ai été transportée lorsqu'il a touché mes mains.

Je continue d'épiloguer sur ce moment magique et je m'aperçois que je suis heureuse de le partager avec ma grand-mère. J'ai l'impression de revivre les émotions avec cet homme à chaque mot que je lâche dans cette chambre.

– Ce n'est pas juste un médecin. Il est chirurgien général avec une spécialité en plus infantile. Il m'a soignée avec beaucoup de délicatesse, mais ensuite, j'ai entraperçu sur son visage, une profonde détresse.

– Parce qu'il t'a soignée ? demande avec étonnement ma grand-mère.

– Non. Je pense que cela venait d'ailleurs, de son passé. Mais il n'a pas eu le temps de me dire quoi que ce soit sur celui-ci. Les jumelles ont déboulé comme elles savent si bien le faire !

Ce qui fait rire mamie. Néanmoins, je sens qu'elle garde précieusement dans un recoin de sa tête, la douleur inexplicable de mon highlander. Je ne sais pas ce qu'elle compte en faire, mais je sens que l'inquisition espagnole est de nouveau là et qu'elle risque de lui tomber dessus, à bras raccourcis, avant-même qu'il ne s'en rende compte !

– Et pour tata Senga ? demandé-je soudain.

Je sais que mamie Grace m'a toujours confié des secrets de famille, plus qu'à mes autres cousines en tout cas. Pourtant, je ne savais rien pour Rory avant nos dernières retrouvailles. Je vois soudain le regard de ma tendre ancêtre se foncer et une tristesse se marquer profondément dans son beau regard habituellement d'un vert émeraude.

– Je m'en veux d'avoir jugé pendant de nombreuses années ma Senga, alors que la pauvre, elle souffrait énormément.

Elle me confie d'horribles choses sur mon oncle Blair.

– Où est-il ? demandé-je.

– Juste après ton départ, ton père est parti au pub avec lui pour lui demander des explications et voir si quelque chose pouvait encore être réparé dans son couple. Mais à peine arrivaient-ils sur place, qu'une jeune femme accostait ton oncle Blair. Elle était jeune, un peu pompette, attendait depuis plus d'une heure celui-ci. De colère, elle a balancé de nombreuses choses au visage de ton oncle, déballant aux oreilles de tous, leurs petites parties de jambes en l'air au bureau. Puis, avant-même que quiconque ne fasse quelque chose, elle a fui en pleurs. Il n'en a pas fallu plus à ton père pour s'expliquer avec ton oncle et lui dire le fond de sa pensée. En rentrant, il lui a demandé de partir de la maison et de dire aux enfants qu'il avait un déplacement à faire urgemment et qu'il ne reviendrait qu'en janvier. Bien évidemment, il ne sera pas présent au mariage de ta cousine, cela va de soi !

Je tombe des nues d'apprendre tout ça.

– Vont-ils divorcer ?

– Je l'espère pour ma fille ! rétorque-t-elle la bouche pincée.

Je sais que cela la touche profondément. Même si je n'ai pas encore d'enfant, je sais que ce doit être difficile à vivre. Mais je suis rassurée de savoir que tata Senga se sent mieux depuis son départ. Qui plus est, les retrouvailles avec sa mère les rendent heureuses toutes les deux tel que me le fait savoir mamie.

Je repars de sa chambre, en la trouvant quelque peu fatiguée par toutes ces explications. Mais un peu plus tard, en la revoyant au dîner, je me dis qu'elle a une santé de fer !

– Alors ! Quel est le programme pour demain ? demande-t-elle tandis que mon oncle Hamish fait le service.

Ma tante Iona qui a le flyer comportant toutes les activités de la fête de charité le récupère sur la table de la cuisine avant de nous en énumérer la liste.

– Alors, il y a une tombola pour gagner… euh… je ne sais pas quels seront les lots parce qu'il n'y a pas de détail dessus !

Puis, elle poursuit en conservant son joli sourire.

– Il y a la course des Pères Noël pour les œuvres de charité, des petits contes lus par la bibliothécaire pour les enfants, des tours en poney, des courses pour attraper au lasso le mouton à tête noire, un karaoké pour savoir qui chante le mieux à Inverness…

– Ah ! s'exclame ma grand-tante Malvina en l'interrompant. On sait que ce ne sera pas toi, Hamish ! s'esclaffe-t-elle avec tout le reste de la famille qui rit à ses propos.

– Oui, eh bien ce ne sera pas toi non plus ! réplique-t-il à son intention avec grande taquinerie.

– Oui, mais moi au moins, je le sais !

Nous continuons de compter les points entre eux avant que tata Iona ne poursuive.

– Alors, où en étais-je ? Voilà ! Un concours de gâteaux, ça s'est pour moi, déclare-t-elle et tout le monde est tout à fait d'accord avec elle, puis reprend-elle, il y aura du tir à l'arc, évidemment !

– C'est pour toi, mon amour ! lâche fièrement Meribeth avec les yeux brillants.

Je songe alors que la journée en câlins amoureux a dû être à son comble…

– Et bien sûr, il y a le bal de bienfaisance !

À peine termine-t-elle sa phrase que mamie Grace me regarde avec un petit air mutin. Je songe alors que demain, elle va m'épier sous toutes les coutures…

Nous finissons par aller nous coucher et bien qu'il ne soit pas trop tard, je ne reprends pas ma traduction délaissée. Ma main ne me fait aucun mal, mais je ne peux pas écrire correctement. Alors, je reste à discuter avec Meribeth, en premier lieu sur le couple de tata Senga puis, sur tout et sur rien, mais je m'arrange pour qu'il ne soit question d'aucun highlander dans notre discussion. Elle n'était pas là aujourd'hui et une chance pour moi, elle et Craig sont arrivés juste pour le dîner. Donc, personne n'a eu le temps de lui parler de mon petit accident sur la glace. Il m'a alors été facile de ne pas m'attarder sur les explications à lui fournir sur mon attelle…

***

Le jour est levé depuis un moment lorsque je descends pour me rendre à la cuisine. Presque tout le monde est réveillé et prend un frugal petit-déjeuner. Tata Iona était déjà de très bonne heure aux fourneaux et son gâteau pour le concours ferait damner un saint !

– Pas touche ! claque-t-elle la main de papa lorsqu'il tente de chiper un bout d'orange amer qui est courant dans les pâtisseries écossaises et surtout dans celles de ma tante. Tu pourras en manger si je gagne le concours, ajoute-t-elle en regardant fièrement son chef-d'œuvre.

– Les gens vont encore s'empiffrer et boire jusqu'à plus soif ! déclare ma grand-mère qui mange peu comme tout le monde.

– Mamie, on sait très bien que tu vas toi aussi te faire plaisir en pommes de terre et en gâteau de viande durant la fête ! Avoue que tu adores ça !

– Soit ! Mais à mon âge, c'est de la survie, mes enfants !

Nous rions tous à sa remarque et la laissons nous faire croire à celle-ci. Mais nous savons tous très bien que ma grand-mère est une gourmande et que ce soit du sucré ou du salé, elle adore mettre le nez dedans et se remplir la panse !

– Hé, mais c'est le *Boxing Day*, aujourd'hui ! s'exclame Sheena qui a l'intention de profiter de cette journée fériée en Écosse pour aller faire les soldes !

– Mais c'est vrai que c'est le premier jour des soldes ! réplique sa sœur toute joyeuse. Je viens avec toi et, si tu le veux bien, je demande à Freya de se joindre à nous ! J'ai une somme folle à dépenser, ah ! ah !

– On peut venir ? demandent d'une seule voix les jumelles.

– Non ! Vous, vous restez avec nous et on va manger ce midi à la fête !

Les jumelles se réjouissent déjà grandement de la réponse de leur mère.

– Et vous Énora et Meribeth ? Vous venez avec nous ! demande Sheena.

– Moi, je déclare forfait pour les soldes ! déclare Meribeth.

– Moi aussi ! dis-je sur un même ton. Déjà que je les supporte moyennement en France, ce n'est certainement pas pour les faire ici ! Tous ces grands magasins qui cassent leurs prix. Ce n'est que folie !

– Ce n'est rien de le dire ! Si tu savais le nombre de personnes qui patientent parfois tellement tôt devant les enseignes du centre commercial, c'est à se demander si tous ces achats ne sont pas vitaux pour eux ! nous informe tata Iona.

Pour ma part, je préfère nettement me rendre à la fête de charité. Au fond de moi, je me sens à la fois excitée et stressée de revoir mon sauveur. Meribeth m'interrompt dans mes pensées lorsqu'elle me demande comment je compte me vêtir aujourd'hui et surtout pour le bal, car elle compte bien m'y accompagner.

– Blouson, jean, baskets !

– Tu plaisantes ! Moi, j'ai décidé de porter une robe, des talons et même une étole !

Une demi-heure plus tard, me voilà donc habillée en tenue presque de soirée alors que nous allons dehors.

– Ne t'inquiète pas, il y aura des bols à feux un peu partout pour nous réchauffer et le bal se déroule comme toujours sous un barnum !

– Je le sais parfaitement ! répliqué-je. Où crois-tu que j'étais les années précédentes ?

– Avec moi, bien sûr !

Je ris avec elle avant de me rendre compte que l'on se gèle toutefois dehors.

Ffui…

Lorsque nous arrivons en nombre à la fête de charité, nous sommes accueillis par sœur Anna-Maria. Je l'apprécie beaucoup et plus encore lorsqu'elle prend des nouvelles de ma main. Mais je ne peux m'empêcher de chercher aux alentours, si mon médecin ne se trouverait pas dans les parages.

A priori, non.

Alors que plusieurs stands sont déjà accaparés par les badauds, mamie Grace décide de se mesurer à Craig au tir à l'arc. Ce qui fait sourire ce dernier quelque peu gêné pour elle.

– Maman, tu n'es pas sérieuse ! Tu ne t'es tout de même pas inscrite, n'est-ce pas ? s'inquiète ma tante Iona.

– Bien sûr que si ! Il est temps de montrer à cette jeunesse de quoi nous sommes capables, lâche-t-elle en fixant sa sœur aînée.

Ma grand-tante Malvina confirme d'un signe de tête les dires de sa sœur cadette avant de clamer qu'elle aussi est bien inscrite à ce concours. De nombreuses personnes s'arrêtent autour d'elles deux. Craig légèrement excentré se demande s'il doit bien y participer, nous faisant comprendre qu'il va se mesurer à de vieilles dames. Mais Meribeth et le reste de ma famille dont je fais partie en pensent tout autrement.

– Mon amour, bonne chance ! Tu en auras besoin ! s'exclame Meribeth tandis que nous nous amassons tous autour du stand de tir avant que les paris ne démarrent d'eux-mêmes.

Les cibles sont assez loin du point de tir et Craig en fait la remarque à l'organisateur.

– Allons, as-tu besoin de lunettes, mon p'tit ! rétorque mamie Grace en se relevant de son fauteuil roulant.

Les paris s'envolent plus encore et le docteur MacFadyen que je vois soudainement apparaître s'approche de nous, puis de moi.

– Ne risque-t-elle pas de tomber ou de se blesser ? me chuchote-t-il à l'oreille.

Son souffle glisse jusqu'à mon cou et je me sens envahie de délicieux frissons tant que j'éprouve de la difficulté à lui répondre. Je tourne la tête vers son visage et plonge mon regard dans le sien. Je me sens totalement happer. Ma bouche est si proche de la sienne que je pourrais presque l'embrasser si tant est qu'il m'en prenne la folie, et lui l'envie…

Des cris fusent d'un peu partout et je m'oblige alors à lui répondre.

– Mamie Grace fait du tir à l'arc depuis qu'elle sait marcher. Sa sœur aussi, par ailleurs ! Après la Seconde Guerre mondiale, bien qu'elles fussent encore jeunes, leur père voulait qu'elles sachent se défendre. Comme les armes étaient trop onéreuses pour des enfants, leur père leur a fabriqué un arc et des flèches et elles ont pu s'entraîner dans les champs, puis dans la forêt sur de petites proies vivantes qu'elles rapportaient à dîner. Alors, si j'étais vous, je parierai sur elles deux plutôt que sur le futur mari de ma cousine ! souligné-je, ravie qu'il se trouve toujours si près de mon visage.

– Je ne parie jamais, m'informe-t-il.

J'écarquille les yeux un bref instant à cette réponse, puis je le prie de m'excuser de lui avoir soumis de le faire.

– Non, ne vous excusez pas. Je peux tenter une première. Disons que vous m'avez induit en erreur pour gagner. Je parie donc que ce sera M. McKenzie le vainqueur. Si je gagne, vous me devrez une danse au bal. Si c'est vous, eh bien, vous choisirez ce que vous voulez…

Je me sens tellement troublée par sa proposition que je retiens mon souffle avant d'expirer profondément.

Je regrette presque de savoir qu'il va perdre…

Le coup d'envoi est donné pour la première salve de tirs. Mamie n'arrive pas à bander son arc tandis que tata Malvina fait tomber sa flèche deux fois de suite sur le sol. Les paris augmentent et tous misent sur Craig. Mon highlander me sourit plus encore, persuadé de remporter haut la main ce pari. Une femme s'improvise en bookmaker et finit par annoncer que les paris sont clos. Malgré les quinze mètres qui séparent la cible de nos trois compétiteurs, ma grand-mère et sa sœur font mouche dans le centre de la cible tandis que Craig se trouve légèrement en dessous. Mais rien de bien humiliant si ce n'est que ce sont deux vieilles dames qui viennent de lui mettre une dérouillée. Les deux autres salves de tirs sont aussi précis pour elles et elles remettent chacune leur flèche dans le mille.

– Pourquoi crois-tu que je t'avais souhaité bonne chance, mon amour ? lance Meribeth en consolant son futur époux qui n'en revient toujours pas d'avoir perdu.

Craig la fixe d'un regard amoureux avant d'éclater de rire. Puis ils s'embrassent, longuement, et encore une fois, cela me fait quelque chose. Je détourne la tête vers le docteur MacFadyen et mon nez frôle le sien. Je le sens paralysé autant que moi. Nos visages se rapprochent dangereusement et je me fiche qu'il y ait du monde, qu'il y ait ma famille, mes parents ou tout être qui respire !

Mais pas lui.

Il se recule légèrement en faisant un signe de tête à une personne qui croise son regard.

Je me sens stupide.

– Allez ! Mettez tout cet argent dans la caisse des pauvres ! s'exclame mamie Grace tandis qu'elle se rassoit dans son fauteuil.

Cette distraction me permet de me reprendre et je vois que de son côté, tata Malvina a récupéré son déambulateur. Un hourra général d'admiration continue de les suivre de très longues minutes tandis qu'elles se déplacent toutes deux comme des escargots. Je finis par pouffer de rire en les voyant faire avant de me rendre compte que mon highlander est toujours à mes côtés et s'est emparé de ma main qu'il enveloppe totalement des siennes…

17

Duncan

– Vous avez gagné, semble-t-il…

– Oui et je n'ai pas encore décidé quel sera votre gage…

– Je ne savais pas que danser avec moi en serait un, murmuré-je complètement happé par son beau regard émeraude.

– Non, ça n'en est pas un, me rétorque-t-elle dans un chuchotement qui me transperce le corps.

Je me sens rougir comme un ado et si je ne me retenais pas, j'écraserai mes lèvres sur les siennes. Mais je ne peux pas débuter une relation alors que je vais repartir dans quelques jours. Je ne veux pas lui donner le moindre espoir qui sera suivi obligatoirement d'une rupture. Je continue néanmoins de la fixer du regard.

Elle est tellement belle…

Sa main que je tiens toujours dans la mienne bouge légèrement, ce qui me fait redescendre quelque peu de mon petit nuage.

– Est-ce que votre doigt est toujours douloureux ?

Elle ne me répond pas et je sens que sa respiration se bloque dans sa gorge.

– Tout va bien ? demandé-je inquiet.

Elle expire et son souffle chaud glisse sur mes lèvres. Mon corps se tend et je me rends compte encore une fois que je ne suis pas à ma place à ses côtés. J'ai l'impression que je ne peux pas me passer d'elle et tout en même temps, j'aimerais la fuir de peur de la faire souffrir. Je n'ai pas le temps de m'apitoyer sur mon sort, car nous sommes dérangés par le maire de la ville et ses conseillers locaux dont certains viennent se présenter à moi.

– Je n'étais pas en ville à votre arrivée, docteur, et je m'en excuse, m'informe ce dernier tandis qu'une autre m'annonce que son fils était malade et qu'elle n'était pas sortie de chez elle depuis une semaine.

Je suis navré de l'apprendre et demande des nouvelles de l'enfant. Puis, ils me saluent tous de nouveau avant d'aller serrer des mains ailleurs.

– *Les élections ne sont pas loin*, me dis-je en silence.

Je me rends compte que depuis que je suis à Inverness, je médis sur de nombreuses choses, voire sur de nombreuses gens. Cela ne m'arrivait jamais avant. Je secoue néanmoins la tête comme pour chasser ces stupides réflexions avant de rechercher du regard celle qui compte pour moi. Mais elle n'est plus à mes côtés. Je ne la vois nulle part.

Je continue de me déplacer dans cette fête tout en saluant de nombreuses personnes qui viennent me saluer. Soudain, deux joueurs de cornemuse habillés en kilt et portant avec fierté le tartan de leur famille respective font l'ouverture du bal de bienfaisance. Juste à la fin de leur long morceau, j'entends derrière moi au micro l'annonce de la gagnante du concours de gâteaux. Le nom de Mrs Graham est acclamé pour son gâteau à la marmelade d'oranges amères. Je ne sais pas encore s'il s'agit d'une parente de Miss Graham, mais lorsque je distingue son visage, même de loin, je n'ai aucun doute. C'est le portrait craché de cette dernière. Je songe alors que Mrs Paterson a perdu, elle qui avait annoncé vouloir faire des gâteaux. Je croise également le professeur Valentino qui m'avait forcé la main lors de son cours de danse. Ce souvenir m'apporte un petit frisson dans le ventre et me transporte étrangement à ma toute première rencontre avec Miss Wallace. Le groupe de chanteur de l'école de musique, accompagné d'un collectif artistique celte est déjà en place pour jouer de nombreux morceaux. Je sais que cela était important pour sœur Anna-Maria et je suis ravi que le directeur de l'école ait accepté ma demande. Mais contre toute attente, je reste fort surpris en voyant celle-ci, micro en main, s'attaquer à un morceau, certes ! vieux d'au moins vingt ans, mais avec brio.

– *You raise me up…*

Sa voix est enchanteresse. Sœur Anna-Maria est pour moi une femme accomplie.

Mais Dieu, dans sa sagesse, la garde égoïstement pour lui !

Celle-ci pousse jusqu'au bout le titre qu'elle connaît par cœur. Je sais que *Josh Groban* est l'un de ses chanteurs préférés dont elle a eu la chance de rencontrer lorsqu'elle était plus jeune. Moi, je n'avais qu'une quinzaine d'années lorsque ce titre, fort populaire aux dires de sœur Anna-Maria, est paru.

Je l'applaudis tout comme la foule mise en joie par cette introduction. Après l'émotion passée, je lui demande si elle sait où se trouve Stanislas. Elle m'informe qu'il a préféré rester méditer au presbytère. Encore une fois, cet enfant me surprend. Il est si introverti que je me demande s'il n'est pas finalement l'âme d'un ancien pape disparu. Je songe également que prendre l'air ne lui ferait pas de mal non plus !

Je poursuis au côté de ma nonne préférée, ma traversée de la fête de charité. Il y a tellement de nombreuses animations et autres stands qu'une journée ne sera clairement pas assez longue pour tout faire.

– Alors, docteur ! Tenteriez-vous d'attraper au lasso le mouton à tête noire ? me demande un habitant que je ne crois pas encore avoir vu et qui tient ce stand.

Je secoue la tête négativement. Ce n'est pas vraiment dans mes cordes et je ne suis pas certain de savoir comment utiliser un lasso. Plusieurs personnes m'encouragent alors à m'y prêter. Je ne sais qu'en penser. C'est alors que Miss Wallace réapparaît non loin de ma vue avec un large sourire pour moi. Je ne sais pas pourquoi, mais je sens que mon gage arrive à grand pas vers moi.

– En serez-vous seulement capable ? me taquine-t-elle avec un merveilleux sourire.

– Eh bien, vous allez le savoir très rapidement ! réponds-je avec un clin d'œil. Que dois-je faire ? demandé-je à l'homme qui tient cette animation tout en continuant de lancer des regards vers la seule personne que je souhaite impressionnée ici et maintenant.

– Eh bien, docteur, je serais vous, je commencerai par ôter mon manteau !

Je m'exécute à l'ordre de cet homme tout en ne quittant pas Miss Wallace des yeux. Celle-ci continue de me sourire et lâche même un petit rire tout en récupérant mon manteau qu'elle serre contre elle. Ce qui m'encourage plus encore.

– Voilà ! Vous n'avez plus qu'à vous saisir de ce lasso et…

– Et quoi ? demandé-je inquiet lorsqu'il m'enferme dans l'enclos où sont parquées les bêtes.

– Et vous n'avez plus qu'à courir ! Maintenant ! s'esclaffe-t-il.

Et me voilà à galoper à pied après les bêtes avant que celles-ci ne me dépassent et finissent par me courir après. Je sens la foule rire et cela amuse grandement les enfants. Alors, même si je dois être ridicule ainsi, je continue de lancer le lasso sur le troupeau éparpillé. Finalement, au bout de vingt minutes, je finis par attraper un mouton.

– Non, docteur ! Pour gagner, il faut attraper un mouton à tête noire ! lâche mon geôlier en riant à pleine gorge.

Je relâche le pauvre animal avant de repartir à la chasse. Au moment où je songe abandonner, j'entends résonner dans ma tête la voix de Keith.

– *Vas-y, mon frère ! Tu peux y arriver…*

Je m'arrête pour reprendre mon souffle et me remettre de cette voix qui me manque tant. Puis, je jette un dernier coup d'œil vers Miss Wallace. Son regard me redonne aussitôt confiance et il ne me faut pas plus de deux minutes pour attraper ledit animal. C'est fièrement que je ressors de l'enclos. Je constate toutefois que mes vêtements sont maculés de terre. Mais je suis un homme heureux en réapparaissant devant elle.

– Bravo, docteur ! lâche-t-elle en me donnant un petit coup d'épaule contre mon bras, dans un mouvement plutôt affectueux.

Je me sens le cœur apaisé en lui souriant de toutes mes dents.

– Vous n'êtes pas un habitué du lasso, ajoute-t-elle toujours en me taquinant.

– Cela se voyait tant que cela, Miss Wallace ?

– À peine ! rétorque-t-elle avec un petit rire de gorge qui me fait presque oublier où je me trouve.

Mais Mrs Paterson, sans le vouloir, me rappelle à l'ordre en se jetant sur moi et en s'agrippant à mon bras gauche. Je mets plusieurs minutes avant de m'en dépêtrer avec politesse. Une chance pour elle, Grace Wallace se trouve toujours à l'autre bout de la fête sinon, je ne donnais pas cher de sa peau. Mais je suis de nouveau libéré de son joug.

– Je dois aller me changer, dis-je d'une voix basse à Miss Wallace dont j'ai la joie de voir qu'elle m'a attendu pendant que je me débattais avec Mrs Paterson. Voudriez-vous venir avec moi ?

Elle reste silencieuse sans acquiescer, sans refuser.

– Non, peut-être pas, réponds-je à ma propre demande. *Cela vaut sans doute mieux*, songé-je.

Elle continue néanmoins de me sourire.

– Je reviens très rapidement, lui assuré-je.

– Alors, je vous réserve ma première danse, dit-elle en catimini.

Je repars avec mille et une pensées qui se bousculent dans ma tête et d'un pas si cadencé que je suis surpris d'arriver déjà au presbytère. Je me change comme un enfant pressé de se rendre à sa première boum et je suis étonné des battements irréguliers de mon cœur. Je jubile tout en me vêtant d'un nouveau pull noir au col cheminée et d'un pantalon de la même couleur. J'ai soudain envie de plaire comme cela ne m'est pas arrivé depuis fort longtemps. Je passe devant la statue du Christ et j'ai l'impression que son regard me suit tandis que je m'éloigne de Lui. Je me sens en paix avec moi-même et avec ce que je fais. Au moment de ressortir, je tombe nez à nez avec Stanislas.

– Tout va bien ? lui demandé-je en le voyant me fixer d'un drôle de regard.

Je me soucie soudain de savoir si quelque chose ne cloche pas sur moi. Je baisse brièvement le regard vers mes pieds afin de m'assurer d'avoir changé de chaussures, mais lorsque je relève les yeux vers l'enfant, celui-ci a disparu. Je reste sceptique, me demandant s'il était bien là avec moi ou bien si je n'ai pas rêvé sa présence ? N'ayant aucune réponse à cette interrogation, je décide d'aller voir dans sa cellule. Mais je ne l'y trouve pas. Il s'est peut-être rendu finalement à la fête. Je ne peux m'empêcher de songer que je suis peut-être trop envahi par les émotions, assez pour avoir quelques hallucinations. Avant de repartir en direction de la fête, je passe rapidement voir si le père Cunningham se sent mieux. Je suis ravi de constater que c'est le cas en le retrouvant réveillé dans sa cellule. Il m'assure qu'il va mieux et qu'il compte nous rejoindre à la fête. Rasséréné par ses propos, je m'en vais plus sereinement.

Quelques minutes plus tard, je retrouve celle qui a mis la pagaille dans mon cœur et dans ma tête. Nous faisons quelques pas côte à côte sans particulièrement parler. C'est alors que nous nous retrouvons devant l'estrade en bois qui sert de piste de danses. Je me rends compte de l'effort vestimentaire qu'elle a fait. Je serai bien curieux de voir en son entier la robe qu'elle porte.

– Voulez-vous danser ? lui demandé-je sous l'œil un peu suspicieux de certaines femmes qui la regardent, l'air envieux.

Mais je ne me soucie guère de celles-ci et préfère ne penser qu'à cette magnifique jeune femme laquelle, après avoir retiré son manteau, accepte la main que je lui tends en me souriant.

Je crois bien que c'est à cet instant précis que je tombe follement amoureux d'elle…

18

Énora

Je me sens transportée entre ses bras. C'est tellement bon que je me surprends à rêver qu'il n'est pas docteur et que moi-même, je ne vis pas si loin d'ici…

La musique celtique est agréable et le rythme enchanteur.

– Vous aimez la musique ?

– Oui, beaucoup. Et vous ? me demande-t-il.

– J'adore…

Je sens que ma réponse lui plaît, car il resserre son étreinte. Cette proximité est délicieuse. Je sens le vide se combler, celui-là même dont je n'avais pas connaissance avant de le rencontrer. Nous continuons de nous fixer du regard. Nos sourires naissent et meurent à l'unisson et ce, sans discontinuer. Ce sont mes émotions qui me gouvernent et il me semble que c'est son cas également. Tout à coup, la musique ralentit, considérablement. Nous nous retrouvons dans un face-à-face presque sans bouger. Rien ne vient nous importuner et c'est dangereusement que nous nous rapprochons. Sa bouche n'est plus qu'à quelques centimètres de mes lèvres. Je ne bouge plus et je sens qu'il est attiré vers moi comme une abeille vers du miel.

– Je crois n'avoir jamais autant voulu être butinée...

Devant le regard passionné qu'il me lance, je me demande si je n'ai pas pensé à haute voix. Trop gênée pour le lui demander, je continue de rester là, devant lui.

– Mon Dieu, lâche-t-il tout simplement en secouant la tête, totalement subjugué.

Il s'approche plus encore de moi avant de se rendre compte sans doute de son attitude. Non pas que je pense qu'il ne désire pas m'embrasser, mais nous sommes dehors et entourés de nombreuses personnes. Il conserve néanmoins son sourire et tient son regard toujours plongé dans le mien.

– Vos yeux sont magnifiques, lâche-t-il en reprenant la danse sur le rythme qui s'élève de nouveau dans les enceintes.

Il continue de me faire tourner sur la piste tandis que je m'agrippe à lui autant que je le sens me tenir fermement entre ses bras musclés.

– Duncan ? Duncan, c'est bien toi ! s'exclame soudain une femme au loin, que je situe entre son âge et le mien lorsqu'elle fait le tour de l'estrade afin de se retrouver à notre hauteur.

Mais je ne reconnais absolument pas les traits de son visage. Cependant, je sens mon highlander se tendre nerveusement.

– Duncan ! Comme je suis heureuse de te revoir ! Tu m'as tellement manqué !

– Sarah ? Mais que fais-tu ici ?

Je le sens indisposé et moi-même, je sens une pointe de jalousie me mordre le cœur en la voyant essayer de l'embrasser. Mais il la repousse sans brusquerie, mais avec toutefois, une pointe de fermeté.

– Je vais devoir partir, lâche-t-il à mon intention. Passez une belle fin de soirée, Miss Wallace, ajoute-t-il en m'étreignant la main de la sienne.

Je me sens de nouveau emplie de papillons. Mais la déception m'envahit au moment même où il relâche ma main. Je le vois quitter les lieux, la femme prénommée Sarah sur ses talons.

Je me sens soudain abandonnée et j'erre dans les allées, sans plus rien voir de la fête de charité qui bat son plein. Je croise de nouveau sœur Anna-Maria qui me demande si je n'ai pas croisé le docteur MacFadyen. Je n'ose pas lui dire qu'il est parti en direction de la chapelle avec une femme. Mon cœur se serre et j'ai presque envie de rendre le peu que j'ai avalé ce matin. J'aurais peut-être dû manger quelque chose à la fête ? Mais je n'ai éprouvé aucune faim, car la présence de mon highlander me donnait une satiété suffisante.

Je retrouve Meribeth et Craig et je fais en sorte de ne pas leur gâcher l'instant. Je préfère avouer une fatigue plutôt qu'une peine de cœur. D'autant qu'il me faudrait m'expliquer sur l'homme qui a déclenché celle-ci. Et je ne veux surtout pas dire à ma cousine adorée que je suis tombée complètement amoureuse du médecin ! Elle serait trop heureuse d'avoir eu raison.

– Alors ? Où allons-nous, ce soir ? me demande-t-elle.

Devant mon regard ahuri, son visage se décompose légèrement.

– Ce soir ? répété-je.

– Eh bien, oui ! Pour mon enterrement de vie de jeune fille ! Craig fait ça de son côté ce soir avec ses amis, et nous, du nôtre, rappelle-toi !

Je sens que je suis à la limite de perdre l'équilibre. Comment ai-je pu oublier cette soirée ? D'autant que j'ai tout réservé depuis plus d'un mois avant de venir à Inverness. Je me force à sourire. Il n'est pas question d'avoir le moindre manquement en tant que première demoiselle d'honneur.

– Tu es toujours d'accord pour sortir ? m'interroge-t-elle le regard inquiet.

– Euh… oui, bien sûr ! C'est juste mon doigt qui est un peu douloureux.

Je préfère continuer à lui mentir plutôt que de lui avouer que c'est mon cœur qui se déchire dans ma poitrine en pensant à cette femme qui a suivi mon highlander après l'avoir prénommé Duncan. Je souffre, mais je continue de garder bonne figure afin de n'inquiéter ni l'un ni l'autre. Je sens alors que la soirée va être longue…

Un peu plus tard en fin de journée, je continue de promener les jumelles que m'a confiées tata Senga. Je songe alors que ce n'est rien ce qu'il m'arrive en regard de sa vie. Mais elle semblait plus sereine en repartant avec ma grand-mère dont elle poussait le fauteuil à ma place. Je suis contente qu'elles se soient retrouvées.

Après avoir ingurgité de nombreuses friandises et fait plusieurs tours de poney, les jumelles semblent être enfin rassasiées. Je les ramène à la maison et tombe sur mes parents qui se reposaient, encore fatigués par le décalage horaire et les animations depuis que Noël a sonné.

– Comment vas-tu, ma chérie ? me demande papa.

– Je vais bien, si ce n'est que je suis un peu fatiguée.

– Tu devrais aller te reposer, m'indique maman, toujours inquiète pour moi.

– J'aimerais, mais il y a l'enterrement de vie de jeune fille de Meri, ce soir.

– Oh, mon Dieu ! Mais comment vous faites pour tenir encore après une journée pareille ! Je suis épuisée rien que de te l'entendre dire, ajoute maman d'une voix harassée.

– Ah, la jeunesse ! rétorque papa. Sinon, tout va bien ? insiste-t-il d'une voix plus basse en s'approchant de moi afin que maman ne l'entende pas.

– Oui, ça va, je t'assure, papa.

Ma voix est à la limite de se briser, mais je résiste en contractant mon corps autant que cela me soit possible de le faire sans faire de grimace.

– Qu'est-ce que vous dites ? s'interloque maman.

– Rien, ma chérie, ne t'inquiète pas inutilement, ajoute papa en réponse à maman.

– Bon, je vous laisse et je vous revois plus tard, leur réponds-je avant de les embrasser.

– Oui, c'est ça, à demain, ma puce ! s'exclame maman qui retourne aussitôt se coucher.

Mais lorsque papa tourne les talons pour la suivre, il fait volte-face et revient vers moi.

– Tu es certaine que tout va bien ?

Je sens des larmes me monter aux yeux. Mais je résiste. Enfin, juste avant que l'une d'elles ne s'échappe de mon regard et roule sur ma joue.

– Oh, papa ! La vie n'est pas toujours facile !

– C'est pour cela qu'elle est belle et que l'on se bat pour vivre ! Tu auras de meilleurs jours, ma fille.

– Tu crois ?

– Bien sûr !

Je ravale mes larmes, mais je sens qu'il a quelque chose à me dire.

– Ta mère m'a parlé d'un dessin dans ton carnet.

Devant mon visage effaré, il poursuit.

– C'était celui d'un homme, enfin, plutôt d'un ecclésiaste, précise-t-il. Et tu connais ta mère et sa passion pour les tenues liturgiques !

Je me souviens alors d'avoir dessiné le docteur MacFadyen avant de lui ajouter après la messe, un col romain. Si je ne démens pas à papa ce dernier point erroné, je ne peux que me souvenir que maman est capable de reconnaître n'importe quel trait religieux où que ce soit. Je souris à la remarque de papa, mais je ne peux pas m'épancher avec lui sur cet homme, même si nous avons toujours été très proches tous les deux.

– Je ne sais pas où cela te mènera, ma fille, mais il n'y a rien d'impossible pour ceux qui le désirent du fond de leur cœur. Va au bout des choses comme tu l'as toujours fait et seulement là, à ce moment précis, tu sauras si cela en valait la peine.

Les mots de papa me réchauffent le cœur. Il m'étreint et cela me fait un bien fou. Je conserve en tête ses paroles tandis que je monte dans la chambre de ma cousine me changer. Ces talons me font trop mal aux pieds et j'ai hâte d'enfiler l'une de mes paires de baskets préférées.

– Mais que fais-tu ici ? demandé-je à Cupidon qui s'est installé dans une de mes boîtes de chaussures vides.

En réponse, il miaule et je ne peux m'empêcher de le prendre dans mes bras.

– Tu sais, lorsque nous serons chez nous, tu auras tout plein de boîtes à occuper, lui dis-je en caressant son poil si doux.

Je reste encore un bon moment à jouer avec lui avant qu'il ne montre quelques signes de fatigue. Je repars de la chambre en m'assurant qu'il a toujours de l'eau et des croquettes. Je retrouve dans le salon Meribeth, Sheena et Rhona laquelle a été autorisée à sortir avec nous ce soir.

– Prête ? dis-je à Meribeth.

– Ne l'est-on jamais ! s'esclaffe-t-elle en riant avec une grimace.

Nous quittons toutes la maison et allons rejoindre les amies de ma cousine que j'ai conviées pour la soirée. En fin de compte, je délaisse mon highlander durant plusieurs heures et cela repose mon cerveau.

Nous rions, dansons, profitons de quelques chippendale qui ont été payés pour la soirée par le responsable de la boîte de nuit avant d'aller faire un dernier tour dans un Pub pour annoncer à qui veut l'entendre que Meribeth n'a plus le cœur à prendre. Une ribambelle d'hommes plus ou moins jeunes s'approchent de ma cousine et l'embrasse à tour de rôle en glissant une pièce ou un billet dans un pot de chambre ancien qui sert de pot de collecte pour les futurs mariés. Certains l'embrassent sur la joue, d'autres, carrément sur la bouche. Nous rions et buvons certainement plus qu'il ne faut, mais comme nous n'avons pas de voiture à prendre, nous rentrons à pied un peu éméchées, sauf Rhona qui a été plus sobre, car nous ne l'avons autorisée qu'à boire un verre de whisky. Mais lorsque je me retrouve de nouveau dans le lit de Meribeth pour m'enfoncer dans les bras de Morphée, mon highlander surgit de nulle part et m'emporte pour une nuit passionnée.

Je me réveille avec un mal de crâne et ma cousine ne semble guère mieux. Je veux me lever, mais la fatigue me submerge. D'un commun accord, nous décidons de garder le lit et avant-même que nous nous en rendons compte, nous replongeons pour de nombreuses heures dans un sommeil profond…

19

Duncan

Pendant que le père Cunningham rend les derniers hommages au défunt Alasdair MacLeod, je continue de vacciner les enfants que des parents m'emmènent à tour de rôle.

L'heure a tourné et comme je n'ai plus rien à faire pour l'instant, je me vêts de ma veste tout en repensant à hier soir.

Danser avec Miss Wallace était quelque chose que je ne pensais plus jamais pouvoir faire ni ressentir. Elle me fait me sentir homme et, à ses côtés, je perds le contrôle, mais j'aime ça. Malheureusement pour moi, Sarah est réapparue dans ma vie. Malgré le nombre d'années qui se sont écoulées depuis que l'on ne sait vu, elle n'a pas changé d'attitude. Elle a d'abord cherché à m'embrasser alors que nous étions encore dans la rue. Puis, en arrivant dans ma cellule, elle a tout de suite cru que j'étais un serviteur de Dieu. Il ne lui en a pas fallu plus pour s'amuser à me dire qu'elle ne me croyait pas, que moi, Duncan MacFadyen, j'ai pu quitter la médecine pour entrer dans les ordres. Ce qui lui a donné un regain, assez fort pour qu'elle s'autorise à se jeter sur moi pour m'embrasser. Mais cette fois-ci, je l'ai repoussée avec des mots et j'ai profité, il est vrai, de me trouver en ce saint lieu pour la contraindre à partir et me laisser tranquille une bonne fois pour toutes. Elle a quitté les lieux une fois certaine que je ne lui mentais pas et sœur Anna-Maria a fait le reste en lui assurant qu'elle se trompait sur moi. Je me suis aussitôt senti libéré d'un poids pesant sur mon esprit. Sarah est quelqu'un de déséquilibrée, mais jamais personne n'a osé la confronter à son image. Elle avait déjà mis le feu à ma voiture alors que c'était elle qui me trompait. Je reste sur mes gardes, car je ne sais pas ce qu'elle est encore capable de faire aujourd'hui… Elle est dangereuse et même si elle a accepté de partir, je ne suis pas certain qu'elle ait quitté la ville. Je prévois donc de rester vigilant les prochains jours…

– Oh, mon fils, si vous saviez comme je suis heureuse de la récolte de dons faite durant la fête de charité !

Sœur Anna-Maria est d'un tempérament toujours joyeux lorsqu'il s'agit de parler des pauvres. Elle est très investie et donnerait sa veste à quiconque pourrait se trouver dans la rue.

– Il y a beaucoup ? demandé-je avec un sourire.

– Oui, beaucoup. Le Seigneur est bon et a touché chaque âme de nos fidèles pour qu'ils mettent la main au portefeuille.

– Je suis fort ravie de l'apprendre. Je sens que l'archidiocèse ne va pas tarder à venir vous rendre visite si vous continuez à récolter ainsi autant d'argent.

– Tout cela arrive grâce à vous, mon fils !

Je lui souris tout en me sentant quelque peu rougir à ses paroles. C'est alors que Stanislas arrive, flottant sur les pierres de taille qui constituent le sol, ses petites mains jointes, le dizainier que je lui ai offert, enroulé autour de sa paume gauche.

– C'est pour aujourd'hui.

Je le fixe, perplexe et sœur Anna-Maria ne semble pas avoir compris de quoi celui-ci veut nous parler.

– C'est aujourd'hui que vous allez la sauver…

Puis, il repart comme il est venu.

Je reste un instant silencieux, me demandant de qui il veut parler. Je songe que j'ai déjà sauvé Miss Wallace en la soignant. Mais peut-être allait-elle subir autre chose aujourd'hui ? Je m'en épanche auprès de sœur Anna-Maria.

– Êtes-vous certain qu'il s'agisse d'elle ? Ne pourrait-il pas y avoir quelqu'un d'autre ?

Sa réponse me glisse un doute dans mon esprit. Et pourquoi cet enfant serait le messager d'un danger ? Depuis quand cela arrive-t-il dans la vie de tous les jours ? Les miracles existent certainement à qui veut y croire. Cependant, je me demande si cet enfant ne s'investit pas trop dans la religion au point de s'imaginer avoir des visions. Je chasse de ma tête cette réflexion inutile et préfère me concentrer sur ce que je dois faire. Cupidon arrive dans ma cellule et je pense aussitôt à me rendre chez les Wallace afin de savoir si le petit Cupidon de Miss Wallace se porte bien. Cela me permettrait de m'assurer qu'elle va bien. Fort de mon succès duquel je touche deux mots à ma condisciple, je quitte la chapelle, soulagé en me rendant d'un pas militaire chez ladite famille pour laquelle je trouve de plus en plus un grand intérêt.

Je suis reçu chez eux avec un sourire et Mrs Graham me propose une collation. Je l'en remercie en acceptant celle-ci. Il est vrai que je n'ai pas eu le plaisir de goûter à son gâteau vainqueur de la veille. Mais celui-ci mérite à mon avis, autant d'éloges. J'apprends que Miss Wallace est couchée avec sa cousine et qu'elles ont fait la fête hier soir lors de l'enterrement de vie de jeune fille de la future mariée. Un petit pincement me titille le cœur. Je me demande si elle n'a pas rencontré quelqu'un durant la soirée. Cela me fait même soudain mal. Toutefois, rassuré de la savoir dans sa chambre, je ne préfère pas prolonger ma visite et m'en retourne à la chapelle, plus serein.

En repartant, j'ai le plaisir de croiser à quelques mètres de sa maison, Grace Wallace qui se promène avec une autre de ses petites-filles tel quel me l'apprend lorsque j'arrive à sa hauteur pour la saluer.

– Rhona, laisse-nous, ma chérie, demande-t-elle à celle-ci qui ne demande pas son reste et se sauve, téléphone en main.

Je la regarde s'éloigner avant que ma grande bienfaitrice n'attire toute mon attention.

– Mon cher docteur, je ne sais pas si vous avez fait votre choix, mais je suis là si vous avez besoin d'un avis.

Je reste surpris et pas à la fois. Elle est maline et très perspicace. J'ai l'impression qu'elle lit en moi comme dans un livre ouvert. Je sens qu'elle aime beaucoup sa famille, mais qu'elle a un lien particulier avec celle qui agite mon cœur.

– Ne gâchez pas votre vie à attendre d'être pardonné ! lâche-t-elle sans prendre de pincettes. Ma petite-fille m'a dit que vous étiez un chirurgien. J'ose alors imaginer que vous avez dû rencontrer quelques difficultés pour vouloir donner votre vie à Dieu. Mais si vous souhaitez éclairer ma lanterne, je vous écoute avec toute l'admiration que j'ai pour vous !

Je reste muet un temps certain. Je ne suis pas sûr d'avoir compris ce qu'il m'arrive. Mais je sens que Grace Wallace attend, elle, une véritable réponse de ma part, sans détour. Devoir parler de Keith avec elle me semble impensable puis, je plonge mon regard dans le sien. J'ai l'impression de voir celui de Miss Wallace. Je me sens tout à coup à l'aise et m'épanche sur ma vie passée, comme si nous nous connaissions depuis toujours…

– Ne vous fustigez pas pour une chose dont vous n'êtes que le témoin. Votre frère de cœur se retournerait certainement dans sa tombe de savoir que vous ne vivez plus ! Dieu vous a mis sur terre pour de grandes choses, alors, même si vos messes sont plutôt animées et que vous semblez bien dans vos chaussures, je peux vous assurer que vous seriez plus utile à l'humanité en reprenant votre blouse de chirurgien !

Son ton est sans appel. Elle m'annonce que je peux retourner à mes ouailles, pour le temps qu'il me reste à vivre en la chapelle.

– Je crois qu'il me faut toutefois vous faire savoir que je ne suis pas prêtre et que je ne voue aucun culte à Dieu, Mrs Wallace ! Je n'ai fait que remplacer au pied levé le père Cunningham et je crois que cela a plongé de nombreuses personnes dans la confusion. Je m'en excuse par avance, car vous semblez en faire partie.

– Eh bien ! eh bien. En voilà une bonne nouvelle !

Je ris avec elle à son exclamation avant de lui proposer de la raccompagner chez elle.

– Nul besoin, mon cher docteur ! Enfin, Duncan, prononce-t-elle avec un petit sourire mutin. Ma petite-fille Rhona revient déjà. Vous la voyiez, là-bas !

– Certes ! réponds-je tandis que je sens mon cœur beaucoup plus léger après cet échange.

Je la remercie avant de déposer un baiser sur sa joue.

– Allez en paix ! me lâche-t-elle et surtout, n'oubliez pas de revoir mon Énora !

Rassuré, je la laisse tout à sa joie de m'avoir sermonné avec beaucoup d'affection et tandis que je retourne à la chapelle, je me détourne un bref instant, afin de m'assurer que son autre petite-fille s'en occupe comme prévu. Mais l'image qui s'offre à moi me terrifie.

– Sarah ! hurlé-je tandis que je vois cette dernière pousser le fauteuil roulant sur la route, un regard mauvais accroché sur son visage respirant la jalousie.

Je cours aussi vite que je le peux. Je réussis à accrocher mes mains aux poignées du fauteuil roulant que je pousse avec force, mais aussi avec précaution pour ne pas faire tomber Grace Wallace tout en m'assurant d'éviter l'autobus qui arrive droit sur elle et ne la percute.

– *Fiou !* Vous m'avez sauvée d'une mort certaine, mon p'tit ! lâche la vieille dame dans un souffle, le visage blanc de peur.

Je m'assure tout juste qu'elle aille bien avant de la délaisser pour retraverser la route rapidement. Je ne peux m'empêcher d'attraper Sarah par le bras avec virulence.

– Tu es folle ! m'écrié-je hors de moi. Mais combien de fois devrais-je te dire que je ne veux plus de toi dans ma vie !

Sarah me regarde avec un visage sans remords. Je ne sais qu'en penser alors qu'elle a failli tuer une vieille dame. La vision de Stanislas me sommant que j'allais sauver une femme explose dans ma tête. Ce n'était donc pas la jeune, mais la plus âgée que je devais sauver.

– *C'est un miracle*, songé-je, le regard enfoncé dans mes pensées.

– Pourquoi ne veux-tu toujours pas de moi ? On est fait pour vivre ensemble, bébé !

– Oh, que non ! Keith m'avait prévenu le jour où je t'ai rencontrée ! Comme je regrette de ne pas l'avoir écouté !

– Eh bien, me débarrasser de Keith était plus facile ! lâche-t-elle sans attention particulière pour moi ou pour quelqu'un d'autre.

– Que veux-tu dire ? prononcé-je les dents serrées à m'en faire mal.

– Oh, eh bien, tu sais, les freins, la voiture et tout et tout…

Je n'ose comprendre ce qu'elle me dit d'une voix détachée. Serait-ce elle qui a trafiqué les freins de la voiture de Keith ? Je repense à ma voiture qu'elle a brûlée sans scrupule. Mais je refuse de croire qu'elle puisse être capable d'une telle horreur ! Je souffre tellement que je serais capable de lui faire mal...

Cependant, même si je ne compte pas la toucher, il est hors de question que cette fois-ci elle s'en sorte la bouche en cœur. Rhona qui a rejoint sa grand-mère et qui a assisté à toute la scène m'informe avoir appelé les forces de l'ordre et comme le commissariat se trouve tout près, des agents de police arrivent déjà sur les lieux. Sarah est embarquée par eux dans une voiture tandis que la famille Wallace se trouve presque au complet sur le trottoir qui fait face à leur maison.

C'est alors que Miss Wallace descend les trois petites marches de la maison dans une tenue très... très légère...

20

Énora

– Mamie ! m'écrié-je après que ma famille m'eut informée de ce qui venait de lui arriver.

Je la rejoins avant de l'embrasser plusieurs fois. Mes cousines aussi l'enlacent autant que cela soit possible de le faire à cause de son fauteuil roulant. On parle toutes presque en même temps et je me rends soudain compte de la présence de mon highlander. Je trouve que son visage a changé. Son regard aussi. Une certaine souffrance n'y apparaît plus. À cause de ma tenue un peu légère, j'hésite à m'approcher de lui.

– Tiens, Énora.

Je me tourne vers la voix de ma grand-mère qui me tend son plaid écossais. Je l'en remercie avant de le glisser sur mes épaules. Il me couvre le haut du corps, mais pour le bas, je devrais faire avec et souffrir du froid, le temps d'un échange.

– Merci. Merci pour ma grand-mère, arrivé-je à dire le cœur battant.

Il me sourit, arrange mieux sur mes épaules le plaid avant de déposer un baiser sur mon front. Bien que tout le monde puisse nous voir, il me prend dans ses bras, dans une étreinte tout simplement affectueuse. Je me sens merveilleusement bien.

– Nous nous verrons plus tard, dit-il lorsque je lève le regard vers lui.

J'acquiesce et il se détache de moi.

– Monsieur Wallace, voudriez-vous bien m'accompagner au commissariat à la place de votre mère, demande-t-il à papa qui accepte aussitôt.

– Allons-y avec mon beau-frère et Rhona qui semble avoir été le témoin de la scène.

Je vois mon oncle Hamish prendre affectueusement par la main ma cousine quelque peu inquiète d'avoir à se mesurer aux forces de l'ordre. Papa la rassure également. Puis, l'homme qui me donne des rêves fous s'éloigne avec eux trois dans la voiture de mon oncle. Mes tantes ont déjà raccompagné mamie à l'intérieur de la maison et je rentre rapidement à mon tour pour me réchauffer.

Quelques minutes plus tard, en ayant eu presque tous les détails de ce qui était arrivé à mamie Grace, j'en reste abasourdie. Et plus encore en apprenant que la folle se prénomme Sarah. Je suis heureuse de savoir que mon highlander a sauvé ma grand-mère d'une façon *très* héroïque. Je prends mon mal en patience attendant leur retour afin de pouvoir le remercier comme il se doit.

Ma grand-mère a eu beau avoir une peur bleue, après quelques heures, elle s'est déjà tout à fait remise de ses mauvaises émotions. Papa et mon oncle ainsi que Rhona sont revenus du commissariat en nous informant que *Sarah la psychopathe* n'est pas près de ressortir de chez les fous ! Rhona nous raconte pour la première fois en son entier, toute la scène qui aurait pu tourner au drame. Des frissons d'effrois me traversent le corps. Me dire que j'aurai pu perdre mamie Grace me terrifie ! La nuit n'est pas encore tombée et je décide de me rendre discrètement à la chapelle afin de revoir mon highlander et peut-être le remercier comme il se doit...

Lorsque j'arrive à pas de velours sur le parvis, je ne vois personne. Je n'ose pas pousser les grandes portes de l'entrée principale et décide de contourner l'édifice en passant par l'arrière-cour qui donne sur le cimetière. Des petits lampadaires anciens illuminent l'endroit de leurs ampoules jaunes. C'est fort joli et une plénitude m'envahit, assez pour que je m'avance plus encore entre les pierres tombales. Une petite brume survole une tombe, mais cela ne m'effraie pas. Bien au contraire, cela me rappelle lorsque je me rends sur la tombe de Maminette. Je m'approche au plus près de la stèle afin de lire le nom gravé dessus en lettre d'or. Je constate qu'une famille tout entière y est inhumée. Je continue de traverser le cimetière, quand soudain je distingue un chaton identique à mon Cupidon. Puis un second arrive et se glisse entre mes jambes. Je tente de les attraper en les poursuivant vers la petite porte arrière de la chapelle, mais ils se sauvent vers quelque chose de bien meilleure lorsque je découvre des gamelles remplies de croquettes. J'entends soudain un chuchotement. Je me cache derrière un petit bosquet de verdure afin de ne pas déranger cette âme, agenouillée sur le sol humide, en train de prier. Je ne suis pas certaine de savoir de qui il s'agit puisque tout cela est dit dans un chuchotement. Puis, je reconnais le père Cunningham. Je me demande bien ce qu'il fait à prier dehors au lieu d'être à l'intérieur de la chapelle. Mais je présume que s'il est ici, c'est qu'il ne souhaite sans doute pas être dérangé. Bien qu'il se redresse tout à coup, certes, avec quelques difficultés, je décide de reculer d'un pas. Il s'efface de ma vue, mais je préfère continuer à rester silencieuse. Je recule d'un second pas avec le plus de discrétion possible. Je continue de faire en sorte de ne pas faire de bruit et cela fonctionne plutôt bien jusqu'au cinquième pas. Je me détourne vivement de la scène pour me sauver. Mais mon pied marche sur les dents d'un râteau abandonné sans nul doute par mégarde. Le manche en bois se redresse à mon insu et vient frapper brutalement le côté gauche de mon front. Il manque presque de m'assommer. Je pousse un cri en portant promptement ma main à mon visage devenu douloureux. Tandis que je me tiens toujours le front tout en jurant de douleurs, je sens couler entre mes doigts, quelque chose qui ressemble étrangement à du sang. Je vacille presque à la vue de ce filet rouge tout en entendant une voix s'élever derrière moi. Je continue de tituber avant de me sentir soulever par des bras musclés qui me donnent l'impression de ne plus peser grand-chose...

– Mon Dieu ! Mais qu'est-ce que vous vous êtes fait ? s'exclame mon highlander dont je reconnais le timbre de voix rauque.

Je n'ai pas le temps de lui répondre qu'il nous dirige sous un rai de lumière jaune pour regarder ce qu'il m'arrive.

– J'ai marché par inadvertance sur un râteau, je crois, arrivé-je à dire tandis que la douleur sur mon visage ne s'amenuise pas.

– Il faut soigner ça !

Il continue de me porter serrée contre lui et je bénirais presque cet instant si je n'avais pas si mal. Bien que je n'y voie que d'un œil, je reconnais la porte de son bureau lorsqu'il la pousse du pied pour l'ouvrir. Il m'assoit sur sa chaise en me demandant s'il peut m'abandonner quelques secondes le temps de rechercher de quoi me soigner dans sa mallette. Je hoche brièvement la tête tant ce mouvement m'est douloureux.

– Mince ! Je n'ai pas d'alcool, lâche-t-il en se retournant vers moi, le visage contrarié.

– Et la liqueur de la dernière fois, lui rappelé-je avant de me dire en silence que je préférerai sans doute de l'alcool à 90° vu comment ce petit verre d'eau-de-vie m'avait brûlé le larynx.

– Très bonne idée !

– Je n'en suis pas certaine, réponds-je avec quelques palpitations dans la gorge dues plus à l'angoisse qu'au plaisir d'avoir raison.

– Hum… Cela risque de vous faire mal, mais il faut absolument que je désinfecte la plaie et voir si vous avez besoin de points de sutures, m'informe-t-il en s'agenouillant à mes pieds.

Avec des gestes habiles, il désinfecte ma plaie, mais je manque presque de tourner de l'œil au vu de ce que me procure cette nouvelle douleur.

– Hum… il vous faut au moins un point de suture, m'indique-t-il en appuyant légèrement une nouvelle compresse stérile pour faire cesser le filet de sang.

Au bout d'une minute, le sang cesse de couler. Mais au moment où il s'apprête à me recoudre, ses mains se mettent à trembler. Je plonge mon regard dans le sien et nos souffles s'accordent.

– J'ai confiance en vous, lui assuré-je en posant chacune de mes mains sur ses poignets.

Il approche son visage du mien et suture d'un point la plaie qui, en cet instant, ne me fait plus mal tant elle a été anesthésiée par l'eau-de-vie.

– Hum... voilà.

Son visage se trouve si près du mien que je peux sentir le parfum de son rasage. C'est enivrant et je me laisse aller à déposer un baiser sur sa joue. Un long baiser. Il ne bouge pas et moi non plus. Puis, je relève la tête afin de plonger mon regard dans le sien.

– Je vous remercie, mais je ne devrais plus venir vous voir. À chaque fois, je risque ma vie...

21

Duncan

– *In perpetuum et unum diem ab imo pectore.*

– Pour toujours et un jour du fond de mon cœur, traduit-elle parfaitement ma phrase.

Je reste surpris qu'elle connaisse si bien le latin. Elle se détache de moi avec un petit sourire et son souffle continue de me caresser le visage. Je n'ai qu'une seule envie, et c'est de l'embrasser. Mais je me retiens avec la même ferveur qui m'habite depuis de nombreuses années. Il vaut mieux pour elle que je ne tente rien. Je la ferai souffrir inutilement et cela me coûterait énormément. Je décide plutôt de la raccompagner jusque chez elle, mais je ne rentre pas comme elle me le demande. Je me sens trop nerveux en sa présence. Lorsque je retourne dans ma cellule, ma nervosité n'a fait qu'empirer. Je reçois soudain une alerte sur mon téléphone. En fin de compte, on m'attend plus tôt en Tanzanie.

Dès demain…

Je me mets brusquement à tourner en rond dans ma cellule. Je ne sais plus quoi faire. Partir ou rester avec elle ? Je me sens déchiré à l'intérieur de moi. Je m'entends même bougonner sans arriver à me décider. Sœur Anna-Maria qui a dû m'entendre, arrive promptement dans ma cellule.

– Que se passe-t-il, mon *fils* ?

Je n'arrive pas à lui répondre. Ma gorge est nouée. Au fond de moi, j'ai toujours le sentiment que je ne dois pas être heureux parce que Keith n'a pas eu cette chance.

– Allez-vous continuer de vous morigéner *ad vitam æternam* pour votre frère de cœur !

Je ne sais comment elle l'a deviné.

– Non, mais que puis-je faire d'autre, ma *mère* ?

– Vivre ! rétorque-t-elle tout simplement avec une posture d'évidence.

– Mais je ne sais pas comment revenir sur la promesse que je lui ai faite sur sa tombe ! Ce n'est pas bien !

– Ce qui n'est pas bien, je vais vous le dire, mon *fils* ! Dieu n'a pas réussi à remplir le vide que cette femme avait laissé dans le cœur du père Cunningham ! Il est resté pieux tout le reste de sa vie durant, mais pas heureux. Pas heureux, répète-t-elle le regard rempli de peine. Alors, avant de vous punir pour le restant de votre vie, courez la voir et demandez-lui si elle vous veut pour le reste de la sienne ! Personne, même pas votre ami Keith ne peut exiger de vous de vous punir autant !

Je ne sais que penser de ces paroles qui me vont droit au cœur. Je songe qu'elle a sans doute raison. Je l'étreins avec grande tendresse avant de me vêtir de mon manteau. Je quitte les lieux d'un pas rapide pour me rendre chez les Wallace. Lorsque je sonne à la porte d'entrée, mon cœur bat tellement fort que j'ai l'impression qu'il va imploser dans ma poitrine.

– Puis-je voir Miss Wallace ? demandé-je lorsqu'une jeune personne m'entrouvre la porte d'entrée.

Il doit s'agir de l'une de ses nombreuses cousines dont je n'ai pas encore fait la connaissance.

– Vous ne voulez pas entrer ? me répond-elle en ouvrant en grand la porte d'entrée.

– Non, je préfère attendre ici.

Celle-ci repart de ma vue d'un pas lent avant de partir en courant.

– Énora ! Énora ! Il y a quelqu'un pour toi à la porte d'entrée !

Je rougis en entendant celle-ci prononcer le prénom de celle qui me chavire le cœur. J'appuie ma main sur la façade pour reprendre mon souffle et contenir le vertige qui me saisit légèrement le corps. Je ferme les yeux et lorsque je les rouvre, elle est là, devant moi. Je la sens surprise de me revoir si tôt.

– Énora…

– Duncan…

L'entendre prononcer mon prénom est comme un tsunami de bonheur. Durant les sept dernières années, pratiquement personne ne m'a prénommé ainsi. La plupart du temps on me sert du docteur MacFadyen à tout-va.

– On peut se voir ailleurs ? lui demandé-je en remarquant deux frimousses rousses qui ont le nez collé sur l'une des fenêtres de la demeure.

Énora laisse échapper un petit rire de gorge que je meurs d'envie de happer.

– Attendez-moi !

Elle retourne dans la maison se vêtir plus chaudement avant de revenir. Je lui tends la main et elle pose ses doigts dessus. C'est alors que plusieurs têtes rousses apparaissent en nombre derrière d'autres fenêtres.

– J'ai été adoptée ! déclare-t-elle avec un petit rire tout en me tirant par la main.

Nous courons tant que nous le pouvons sans glisser dans la neige qui s'est mise à tomber.

– Encore en baskets ?

– Oui, toujours en baskets !

J'aime sa façon de me répondre. Elle est vive et j'ai besoin d'elle dans ma vie. Elle et personne d'autre je le sais. Éloignés d'une cinquantaine de mètres de sa demeure, je ralentis le pas jusqu'à m'arrêter. Elle me tient toujours la main et je ne compte surtout pas la lâcher. Je l'attire contre moi et l'enveloppe de mes bras afin de la serrer un peu plus.

– Je ne peux rien vous offrir pour l'instant. Ni baisers ni relations de chair. Je dois partir pour une mission humanitaire dès demain.

Je la sens surprise et à la fois déçue. Mais je préfère jouer carte sur table avec elle. Dans chacune de mes missions il y a des risques et je me sentirais mieux également si je n'ai pas à attendre de sa part des nouvelles. Cela me déconcentrerait de ma mission et des vies pourraient être en jeu. Elle n'a rien répondu à mes dires. Mais, son visage reste avenant, comme si elle comprenait le dilemme qui me bataille l'esprit.

Je me détache d'elle, car cela est trop difficile de la sentir ainsi dans mes bras sans pouvoir l'embrasser. Nous continuons à marcher, nos pas s'enfonçant de plus en plus dans la neige devenue plus épaisse.

– Pourquoi toutes ses missions humanitaires ?

Si elle savait que cette question contenait toute ma vie, je ne sais pas si elle voudrait entendre la réponse. Mais je me lance. De la mort de ma mère à l'abandon de mon père, de mon entrée en école de médecine à la mort de Keith en passant par le Congo et toutes les destinations qui ont suivi, je n'oublie rien, même pas cette folle de Sarah. Énora m'écoute d'une oreille attentive. Ses belles prunelles vertes se remplissent plusieurs fois de larmes qu'elle tente de ravaler. Puis, je veux qu'elle me parle d'elle. Je découvre son enfance quelque peu solitaire bien qu'entourée d'amour parental et familial. Je suis étonnée lorsqu'elle me dit qu'elle a déjà fait de nombreuses fois le tour du monde et qu'elle parle de nombreuses langues couramment. J'apprends aussi avec tristesse la perte de sa grand-mère maternelle qui l'a beaucoup affectée, encore aujourd'hui, et je suis surpris d'apprendre qu'elle est décédée quelques jours avant Keith. Cela me rapproche d'autant plus d'elle ; nous pleurions ces pertes chères pratiquement au même moment. Puis, elle poursuit en me faisant savoir qu'elle a de nombreuses activités hebdomadaires en plus de son travail de traductrice. Je comprends alors pourquoi elle était capable de comprendre le latin. Elle parle encore et encore me racontant tout ou presque.

Nous rebroussons chemin afin que je la raccompagne chez elle. En arrivant à quelques mètres de sa maison, nous apercevons une bonne partie de sa famille qui se trouve à faire une partie de boules de neige. Énora se baisse pour ramasser de la neige entre ses mains et, malgré son attelle qui ne semble nullement la gêner, elle s'écrie :

– C'est totalement cliché, je sais, mais c'est ainsi !

Je ne m'attends pas à me prendre une boule de neige dans la figure. Inquiète du fait que j'en reste complètement immobile, elle se rapproche de moi et j'en profite pour l'attraper entre mes bras. Mais je la retourne toujours serrée contre moi en interpellant ses cousines et ses cousins :

– Vous pouvez y aller, je la tiens !

Et ce qui devait arriver arriva...

Nous sommes transformés en un énorme bonhomme de neige et je ris comme je n'ai plus ri depuis de nombreuses années...

22

Énora

Duncan est parti depuis plusieurs jours en Tanzanie. On ne s'est pas embrassés, on ne s'est rien promis. D'avoir appris pour la mort de son ami m'a fait comprendre pourquoi il hésitait autant à se lancer avec moi. Il est vrai que j'aurais aimé qu'il me choisisse plutôt que de poursuivre une quête qui n'étanchera jamais sa soif malheureuse. Mais ainsi va la vie. Je me suis fait une raison. Maman et papa sont repartis eux aussi à New York avant le jour de l'An. Ce n'était déjà pas prévu de les avoir pour Noël et bien qu'ils aient passé de délicieux instants à nos côtés, le travail de papa ne lui permettait pas de rester plus longtemps. Cela a toujours été ainsi. J'espère qu'ils seront présents le jour où je me marierai ! À cette pensée, je ne peux m'empêcher de ressentir quelques frissons dans ma féminité. J'aurai tellement voulu que Duncan me donne un baiser même si celui-ci aurait été un seul et unique souvenir que j'aurais pu chérir à jamais. J'aurais tellement voulu lui appartenir corps et âme.

Comme le disait toujours Maminette « Quand on aime on ne prend pas, on donne. »

Et moi, j'avais ma vie à lui offrir. Heureusement que j'ai mon petit Cupidon pour me consoler. Il a déjà grossi depuis que je l'ai et je soupçonne les jumelles de le nourrir bien plus qu'il ne le faudrait ! Mais ces chipies sont incontrôlables lorsqu'elles agissent ensemble d'une seule voix et je ne veux surtout pas les fragiliser avec ce qui attend leur petite famille prochainement. Leur mère a déjà contacté un avocat et le reste de la procédure de divorce suivra. J'espère qu'aucun d'eux n'en ressortira meurtri.

Le jour de l'An a été plutôt calme dans ma famille. On était trop épuisé par tous les événements passés et ceux à venir. On a tout de même écrit des dizaines de cartes de vœux que l'on a envoyées un peu partout dans le monde, là où se trouve également le reste de notre famille. C'est une tradition écossaise et du côté de papa, on y tient ! C'est encore mamie Grace qui a gagné, car elle en a reçu tout plein. Mais avec mes tantes et mes cousines, on s'est demandé, si ce n'était pas elle qui se les écrivait et se les envoyait, car elle les reçoit toujours avant nous tous ! Ensuite, on prend tous les cartes que l'on a reçues et on les accroche sur un tableau prévu à cet effet et qui se trouve dans la cuisine de tata Iona. On les laisse ainsi à la vue de tous avant de les décrocher au moment où l'on tire les Rois ! C'est une drôle de coutume qui se répercute dans tout le Royaume-Uni. Ce n'est pas en Bretagne que l'on ferait ça, bien que les fêtes dans ma famille bretonne n'aient rien à envier à nos traditions !

Mon téléphone vibre et je m'empresse de regarder qui m'envoie un message. C'est maman.

« Ma puce, dis à Meribeth et Craig que nous leur souhaitons tout l'amour du monde et que nous sommes encore désolés de ne pas pouvoir être des vôtres. Tu nous manques déjà tant. On t'aime fort fort fort ! Papa & Maman »

Je lui réponds que je n'y manquerai pas et qu'eux aussi me manquent grandement. J'étais très heureuse de les avoir vus pour la Noël. Mamie Grace aussi l'était. Elle n'a pas voulu le montrer, mais je sais qu'elle a pleuré après que papa l'eut embrassée pour lui dire au revoir. Tata Malvina m'a raconté qu'elle craignait de disparaître avant de le revoir une prochaine fois. Cela m'a fait verser ma larme, mais je n'en ai dit mot à personne, car je ne voulais pas jeter sur notre belle famille une tristesse, alors que nous sommes encore dans une période de fête. Le mariage de Meribeth et Craig va être célébré dans quelques minutes par le père Cunningham. Je sens que la cérémonie risque d'être mouvementée si tant est qu'il s'endorme avant la bénédiction du mariage ou bien que les chats arrivent de nulle part pour mettre une pagaille comme la dernière fois. Ma cousine adorée a encore dû batailler pour obtenir son entrée dans la nef sur la musique de la meilleure des meilleures des meilleures séries qui existent sur Netflix. Le père Cunningham ne se souvenait plus qu'il avait accepté cette requête. D'ailleurs, elle avait raison avec Craig. Comme je m'ennuyais après le départ de Duncan, j'ai débuté la première saison de *The Last Kingdom.* Mais *fiou* ! J'avale les épisodes les uns derrière les autres et si je n'avais pas autant de traductions à faire, je serai le nez collé à l'écran plat que tonton Hamish et tata Iona se sont offert pour Noël.

– Tu savais que cela faisait trois ans pile que Craig sort avec Meri ? m'informe Sheena avec laquelle nous patientons mes cousines et moi derrière la mariée qui s'apprête à faire son entrée.

– Non, mais… Ah, c'est pour ça qu'elle voulait absolument se marier le 3 janvier !

– Oui, tu as tout compris !

Je souris à cette information pour laquelle je ne manquerai pas de taquiner l'intéressée qui jette vers nous, un œil inquiet.

– Maman et papa vous souhaitent tout le bonheur du monde, lui dis-je dans un chuchotement.

Je sens son visage s'éclairer d'un sourire. Puis, le silence s'impose lorsque l'air de musique *Icicle* s'élève majestueusement dans la chapelle. Meribeth s'empare du bras que son père lui tend avec les yeux brillants de larmes. Elle est magnifique dans sa tenue virginale immaculée. Je l'avais pourtant vue lors de son dernier essayage, mais là, elle rayonne comme une pleine lune. Mes autres cousines et moi-même les suivons d'un pas lent tandis que les jumelles tiennent dans leurs petites mains gantées de soie vert clair assortie à leurs tenues, la longue traîne d'un blanc pur. Toute ma famille, les amis, les copains et copines sont présents lorsque les futurs mariés échangent leurs vœux. Je me sens belle moi aussi dans ma robe au vert très soutenu. Je regrette que Duncan ne soit plus là pour me voir.

– *Tu n'as qu'à prier et tu verras*, entends-je résonner dans ma tête la voix de Maminette.

Je porte instinctivement une main sur ma gorge, là où se trouve la croix en or ornée de diamants que ma grand-mère maternelle m'a léguée en héritage ainsi que la médaille de Saint-Antoine-de-Padoue offerte à Noël par grand-mère Grace. J'hésite à faire un vœu ou à dire une prière. Je ne suis même pas certaine de savoir en faire une ! Si Duncan était là, il pourrait me guider. Mais je n'ai pas le temps de prier. Notre procession ressort déjà de la chapelle et nous suivons les mariés avec une joie profonde dans le cœur pour eux. Des pétales de roses séchés sont envoyés dans les airs sur les mariés. Un long bonheur leur est souhaité et avant de nous rendre à la salle où se déroulera le banquet, Meribeth demande à toutes les filles bonnes à marier de se mettre derrière elle. Elle rit fortement en comptant jusqu'à trois avant de lancer dans les airs son bouquet de mariée. Alors que j'essaye d'attraper celui-ci plutôt imposant, contre toute attente, c'est ma grand-tante Malvina qui le récupère. Elle qui ne s'est jamais mariée éprouve un certain plaisir à pouvoir l'être avant sa mort. Et quand je repense aux échanges de regards qu'elle a eus avec le vieux voisin qui demeure tout près de notre maison familiale, je me dis que rien n'est impossible dans cette famille !

– Amen ! s'écrie mamie Grace en riant fortement. Eh bien, ma grande, lâche-t-elle en s'adressant à sa sœur, tu caches bien ton jeu !

Ma grand-tante éclate de rire avant de repartir avec son déambulateur et son bouquet de mariée en main. Avec un sourire mutin, je la vois se diriger vers ce fameux voisin.

Une fois arrivée dans la salle du banquet, je verse une petite larme en me sentant soudainement seule. Certes ! il y a du monde autour de moi, en majorité ma famille pour la plupart. Mais j'ai la sensation que je ne suis plus entière.

Il me manque quelqu'un.

Il me manque Duncan.

Soudain, mon cœur se met à battre à mille à l'heure.

Pourquoi n'irais-je pas le rejoindre ?

Pourquoi n'irais-je pas lui avouer que je n'arrive pas à vivre sans lui ?

Je peux travailler de n'importe quel endroit et je songe que sa mission ne va pas non plus durer des années en Tanzanie ! Tout au plus quelques mois.

Et c'est quoi quelques mois dans une vie ? me dis-je.

Convaincue que c'est ce que je dois faire pour être heureuse, j'allume mon téléphone et me connecte sur une compagnie aérienne. Il ne me faut que très peu de temps pour acheter un billet pour la Tanzanie. J'en frétille de joie et sans rien dire à personne, je décide d'aller me refaire une beauté et voir si mon maquillage n'a pas coulé avec toutes ces émotions qui m'habitent. Je m'admire dans la grande glace et constate que le petit strass que j'ai glissé sur mon point de suture est toujours à sa place. Je continue de fixer mon reflet m'imaginant un jour dans une robe de mariée bien que je me trouve jolie dans cette robe verte de demoiselle d'honneur. C'est alors que le miroir me renvoie une image qui me rend la plus heureuse du monde. Je m'en détourne afin de lui faire front.

– Tu es revenu ?

– Je ne pouvais pas vivre sans toi !

Je me jette dans ses bras forts et musclés qui m'enlacent aussitôt avec ardeur. Ses lèvres se pressent sur ma bouche et sa langue s'accorde à la mienne dans une ronde exquise. Il m'embrasse avec fièvre et reprend de nombreuses fois ma bouche avec fougue. Je me trouve dans une extase inexplicable et incomparable à tout ce que j'ai pu connaître auparavant. Lorsque nous nous détachons l'un de l'autre, j'ai l'impression qu'il me manque une partie de mon corps et que mon oxygène vient de m'être retiré. Je m'accroche à sa main ou bien est-ce lui qui s'accroche à la mienne ?

– Si tu n'étais pas revenue, j'allais te rejoindre dès demain, lui annoncé-je tout en lui montrant ma réservation.

Il écrase de nouveau ses lèvres sur les miennes en se plaquant plus encore contre moi. Il approfondit ses baisers, libérant dans cette étreinte, tous ces jours passés à me désirer. Je laisse échapper plusieurs gémissements dans un souffle et

Duncan pousse un grognement fort masculin en me serrant un peu plus fort contre sa masculinité. Je vis un rêve tout éveillé ! Nous restons longtemps à nous embrasser. Sa langue force de nombreuses fois le barrage de mes lèvres pour mon plus grand bonheur. Je me trouve dans une liesse sans fin. Je me rends compte que son odeur masculine me fait tourner la tête. Je continue de m'accorder à sa langue tandis que ma féminité bat son plein. Au bout de plusieurs longues minutes, nous refaisons surface. L'envie qui nous taraude devra attendre. On entend les mariés débuter leur discours…

Sans un mot, mais avec un large sourire identique aux lèvres, nous prenons place à table et je suis heureuse de voir l'accueil que fait ma famille à Duncan. Mamie Grace d'ailleurs prend la parole pour féliciter ma cousine de sa belle alliance. Elle parle beaucoup. Longuement. Puis elle nous met tous la larme à l'œil lorsqu'elle raconte que sans le courage de Duncan, elle ne serait pas des nôtres aujourd'hui. Je suis encore plus fière d'être désirée par ce dernier.

– C'est un nouveau chapitre qui commence pour moi, me murmure Duncan après le discours de plusieurs membres de ma famille. Est-ce que tu veux qu'on l'écrive ensemble ?

Mon cœur explose de joie. Il m'embrasse chastement avant que l'on n'admire Craig et Meribeth sur la piste de danse pour l'ouverture du bal des mariés. Les cours de maître Valentino font leur effet. La grâce qui s'élève de leur duo nous fait retenir notre respiration. Puis, nous sommes tous invités à les rejoindre. Duncan se relève de son assise et se poste devant moi.

– Miss Wallace, lâche-t-il en me tendant sa main.

– Avec plaisir, monsieur MacFadyen…

Il m'emporte dans une valse et je suis fort surprise de voir qu'il danse si bien. Je songe alors qu'il a eu une vie avant moi. Je me rends compte que je vais avoir toute la vie pour le découvrir. Je profite pleinement d'être à ses côtés pour admirer toutes ces petites choses qui le caractérisent.

La fête bat son plein et après plusieurs heures passées à manger, danser et rire, Duncan me propose d'aller faire un petit tour à la chapelle afin de rendre visite à sœur Anna-Maria. Il ne l'a pas revue depuis plusieurs jours et il veut être certain qu'elle se porte bien. Je préviens tata Iona de notre absence en lui assurant de revenir un peu plus tard puis j'embrasse ma grand-mère qui pique du nez tandis que sa sœur s'est déjà endormie sur le coin d'une table. Mamie Grace trouve toutefois l'énergie de me dire de profiter de ma nuit avec un petit sourire mutin. Je pique un fard et Duncan à ses joues qui prennent une belle couleur rosée.

Tout le long du chemin, Duncan s'arrête plusieurs fois pour m'embrasser. Puis, juste avant de pénétrer dans la chapelle, il me fixe tandis que dans un simple souffle, je l'entends me dire :

– Je t'aime.

C'est tout doux, tout léger et pourtant, c'est le poids de toute une vie de bonheur…

23

Duncan

Elle se serre plus encore contre moi et je l'embrasse de nouveau avec passion. Puis, je la sens légèrement trembler.

– Tout va bien ? m'inquiété-je.

Sans un mot, elle blottit sa tête contre mon épaule. Puis, elle lève les yeux vers moi.

– Euh… je me rends compte que j'ai peut-être oublié de te dire que je ne vis pas à Inverness.

– Peu importe où tu te trouves, je ne veux être nulle part ailleurs.

Je l'entends soudain lâcher une plainte contre mon torse. Mais devant son silence inopiné, je lui demande où elle habite.

– En Bre*w*agne, marmonne-t-elle en enfonçant son visage contre mon épaule, ce qui m'empêche d'entendre correctement sa réponse.

– Où ? insisté-je.

– En Bretagne, finit-elle par me dire clairement en relevant la tête pour me fixer du regard.

Son nez est tout rougi du fait de l'avoir appuyé contre mon épaule. Je le caresse avec mon index en lui disant que je connais un très bon chirurgien esthétique. Bien évidemment, je lui dis aussitôt que je plaisante et qu'elle a un petit nez parfait.

– Cela ne te dérange pas que je ne vive pas ici ?

– Non. Je connais un peu la Bretagne pour avoir fait le chemin de Compostelle. Avec deux membres du Clergé situé en France, nous sommes arrivés du Vatican et étions hébergés chez des fidèles à Vitré avant de prendre le départ à Saint-Jean-d'Angely et…

– Tu plaisantes ? clame-t-elle, en m'interrompant d'un regard étonné.

– Non. Je suis sérieux. Le Vatican est…

– Mais non, je ne te parle pas du Vatican, mais de Vitré ! C'est là où je vis ! précise-t-elle, une grande joie dans la voix.

Je souris à cette méprise de ma part et je suis heureux de voir à quel point elle aime sa ville. Et si elle l'aime tant, il n'y a aucune raison que je ne m'y plaise pas !

Nous finissons par arriver à la chapelle. Nous tombons inopinément sur sœur Anna-Maria en train de remplir de croquettes les bols des chats.

– Mon *fils*, quelle joie de vous revoir déjà ! Mais comment allez-vous ?

– Ma *mère*, je vais bien. Même plus que bien, je vais mieux, lui réponds-je en la serrant dans mes bras avec affection. Je sais que vous la connaissez déjà, lui dis-je en reprenant la main d'Énora dans la mienne.

– Voici donc votre tentation ! rétorque sœur Anna-Maria en serrant Énora dans ses bras avec une grande tendresse. Ma chère Énora, comme votre présence au côté de mon *fils* me ravis. Mais venez, entrez boire une bonne tisane !

Je sens qu'Énora est fortement touchée par ses mots et nous la suivons jusqu'à la cuisine. Elle nous sert un délicieux breuvage et des gâteaux dont elle a le secret. Je retrouve ma confidente telle que je l'avais laissée.

– Vous aviez raison, ma *mère*, poursuis-je, je me sens vraiment soulagé depuis que j'ai fait mon choix du cœur.

Énora nous laisse à notre complicité, tandis qu'elle déguste sa tisane aux herbes du jardin. Je la sens admirative de notre affabilité dévote que nous nourrissons l'un pour l'autre. Ce qui ne m'empêche pas de continuer d'envelopper sa main et de lui jeter de nombreux regards amoureux.

– Ma *mère*, je voulais savoir si vous saviez où se trouve Stanislas ? Je n'ai pas eu l'occasion d'échanger avec lui depuis que j'ai sauvé Grace Wallace, la grand-mère d'Énora. Je crois bien que c'était sa vision…

– Oui, il se trouve dans sa cellule. Et je vous l'accorde ! Cet enfant serait un saint que cela ne m'étonnerait nullement ? ajoute-t-elle avec son bel accent espagnol qu'elle accompagne d'un petit rire.

C'est alors que ce dernier arrive presque en flottant. Je lui annonce qu'il avait raison et que j'ai sauvé une vie. Je vois soudain sur son visage, l'esquisse d'un sourire. Je le sens heureux d'avoir eu raison. Comme je le trouve plutôt avenant, je n'hésite pas à lui poser une question qui me brûle la langue depuis un moment.

– Stanislas, j'espère que cela ne va pas t'offusquer ni te vexer, mais sœur Anna-Maria et moi-même trouvons que tu ne marches pas sur le sol, mais plutôt que tu flottes et…

– C'est normal, j'ai des petites roues sous mes tennis, me répond-il en m'interrompant tout en alliant le geste à la parole pour nous montrer le dessous de ses chaussures.

Un fou rire nous saisit le corps et je manque presque de perdre mon souffle. Nous finissons de prendre notre collation avec Stanislas qui semble s'être soudainement déridé. Je me sens heureux également d'avoir pu revoir ma religieuse préférée.

Nous repartons tous deux, mains dans la main, et retraversons l'arrière-cour avant de nous retrouver devant le cimetière. Je prends toutefois garde à ce qu'Énora ne marche pas sur un râteau abandonné. Soudain, nous entendons de petits miaulements. Les chatons aux tâches si singulières en forme de cœur sont de nouveau installés sur la stèle sur laquelle se maintient une petite brume. Énora me fait part qu'il se passe la même chose sur la tombe de sa grand-mère.

– Hum… Je ferais semblant de le découvrir lorsque je me rendrais avec toi sur celle-ci.

Je sens que mes paroles la touchent profondément.

– Tu as donc décidé de venir vivre avec moi !

– Oui, bien sûr !

Je sens sa respiration devenir courte et plus encore lorsque j'écrase de nouveau mes lèvres sur les siennes.

Puis, d'un pas léger, nous nous dirigeons vers ladite stèle afin de caresser les mistigris qui s'étirent plus encore sur la pierre tombale. Nous prenons chacun un chaton dans les bras et ils se laissent cajoler sans bouger. Je pense alors qu'ils se sont bien rempli la panse quelques minutes plus tôt.

– Si je m'écoutais, je les prendrais tous ! s'exclame Énora en plongeant son visage dans les poils d'un chaton.

– Je suis certain que sœur Anna-Maria nous laissera emmener avec nous les deux chatons, lui assuré-je.

Nous repartons tous deux, main dans la main en direction de la salle de réception. Nous arrivons juste à temps pour saluer les mariés qui s'enfuient en calèche, tirée par quatre magnifiques chevaux blancs. Leur lune de miel débute maintenant.

– Toi, aussi tu auras une merveilleuse lune de miel, annoncé à Énora en l'attirant vers moi. Mais pour le moment, laissé-je entendre en lui donnant un chaste baiser, je compte t'offrir la nuit d'une femme comblée, ajouté-je assorti d'un autre baiser identique et d'une femme aimée, poursuis-je en m'interrompant pour un lui donner un troisième baiser chaste, d'une femme désirée qui me rend déjà fou de passion.

Ses yeux brillent d'une lueur singulière et je constate qu'elle n'arrive plus à parler.

– Nul besoin de réponse, dis-je en écrasant ses lèvres sur les siennes.

Elle s'accroche à mon cou et je continue de l'embrasser.

Longtemps.

Très Longtemps.

Assez longuement pour qu'elle en ait le tournis et moi le souffle court.

Et pourtant, ce n'est que le commencement de notre vie à deux. Enfin, à cinq si l'on compte les trois petits mistigris qui vont venir avec nous en Bretagne !

Fin

Du même auteur

Lady Rose & Miss Darcy, deux cœurs à prendre…
Pour que chaque jour compte, il était une fois…
Un Accord Incongru !
Violet Templeton, une Lady chapardeuse
Le Mystérieux Secret de Jane Austen
Saint Mary's Bay – volume 1 & 2
Victoria Hall – volume 1 & 2
Lord Bettany
20 Secondes de Courage
La fille qui rêve d'avoir la jambe pin-up !
Berthe, 27 ans, 1 m 57, 50 kilos, rêve de rencontrer le Prince Charmant (au rayon patates-aubergines !)
Une amie qui vous veut du bien
KEEP CALM & ne tombe pas amoureuse de ton boss
D'un simple signe je t'aime
Le Chat de Notting Hill
Le Chat de Milltown

Une délicieuse comédie romantique de Noël,
pour les amoureux des chats

Disponible en librairie et au format e-book

Sous la direction de : Ambre Rouvière
Correction : Nord Compo
Composition : Nord Compo
Conception graphique de la couverture : Nord Compo
Illustration de couverture : © Shutterstock/Honyojima

Depuis 2009, Prisma Media met en place une politique d'achat éco-responsable. Ainsi, près de 100 % du papier de nos magazines est certifié PEFC (gestion durable des forêts). La fabrication des livres des Éditions Prisma s'inscrit également dans cette démarche.

Dépôt légal : octobre 2023 – n° d'impression 103151
Achevé d'imprimer en France par : Imprimerie Floch